U0010268

當自己最棒的英文老師

一生都受用的八大學習法

楊筱薇◎著

作者自序

我答應我的學生

我答應我的學生，要透過這本書來說教室裡許許多多，無名小戰士的故事。

我不是一個作家，頂多只能稱爲一個說書人。當大田出版社連繫我寫這本書時，我不停地問我自己，出這本書是爲了工作？愛？還是娛樂？反覆思考後，我的答案是爲了生命。在教育領域裡，我發現了工作、愛以及娛樂，在教室裡我跟學生找到了我們生命的聲音。

透過書來發聲，這是我第一次的嘗試，媽媽在電話裡不斷叮嚀，這個不要提、那個不要說；學生提醒我畫好的圖要放在書裡面；另一半給我打氣，初試啼聲，也要高唱。

這是一本教育自傳，我參考了艾瑞克森（Eric Erikson）的心理社會發展論理，運用人生觀以及英文教學的方法，來架構這本書。過渡期與角色定位的理論，在我的生活裡反覆交手的過程，也是我在教育生涯裡不斷挑戰以及被挑戰的經歷。

書裡的故事，串連了我教與被教的角色體驗、愛與被愛的工作環境、自娛以及娛人的回憶。我跟我百百千千的師生們，一起說故事，透過我與學生們準備的生活作業與讀者分享我們在教室裡交集的經驗。

現在我要給正在看這本書的你，一個生活作業。

請猜一個最長的英文單字！提示：mile（英哩，長度單位＝1.609344公里）。

我用這個謎底來感謝支持我的聯合國啦啦隊們！

你知道謎底答案了嗎？答案揭曉：微笑（smiles），多微笑，人生路可以走得長長遠遠。

親子天下．中時精選部落格獎／《看得遠，就是好母親》作者

番紅花說：教英文教到老外授予獎，好樣的！

讀完了筱薇的《當自己最棒的英文老師》，一時之間，那股被滿足的閱讀樂趣充塞在心裡，這是一本難以被歸類的書，它可說是一個青春女子的異鄉眞善美之旅，它可說是一個獲專業得獎肯定的上班族工作日記，它也可以被界定是英語學習上路之書，它也能說是一本自幼小到成人求學教養的分享，這本書裡面有西方和東方的碰撞，有理想和夢想，是所有的青春男女或爲人父母都可以細細捧讀，所以，我說它是難以被歸類的，但是，「愛、努力、實踐」貫穿了筱薇的人生，是這本書精神的線條。

祝福筱薇帶著台灣的養分，在美東繼續關懷實踐愛，在台灣沒有考到所謂的好學校，憑藉著熱血和努力，飄洋過海還可以活得更漂亮精采，教英文教到老外授予獎，好樣的！如果你還有夢，讓我們跟筱薇一樣，思考運用智慧和方法，讓它發光發熱吧！

推薦序

全球華文部落格評審團特別獎
三屆美國州長藝術學校「最佳啟蒙老師獎」得主

獅子老師說：這本書充滿許多愛，讓我捨不得放下！

自從拿到這本書後，它就沒有離開過我，只要我出門我一定帶著它，在捷運上我讀它，回家再讀，讀完了再重頭讀起，翻過的每一頁都充滿了許許多多的愛，讓我捨不得放下它。筱薇老師從她的心教起，她的學生來自世界各地不同的國家，不同的文化及成長背景，但對她而言，他們都是這個世界村的一份子，在一起他們學怎麼溝通，怎麼處理異國生活的難題，怎麼相處，怎麼愛。英文是一個工具，溝通的工具，她不只教給她的學生們這個工具，更教了他們更大的一門功課——愛。她的教室是愛的教室，只有愛才是答案。

《我這樣教出基測滿分的孩子》作者

趙郁文說：這本書教的不僅如何學好英文，更激勵認真的靈魂！

這是一本精彩的好書！此書讓我觸摸到筱薇的生命。我們經歷與專長雖不同，但對學習的體悟，卻有許多共通點：強調主動、終身、探索、環境、與生活的學習；作爲一個英文教師，作者用心經營情境，用愛心與幽默來體貼學生，激發熱誠。而她本身更是一個克服逆境的典範，這本書教的不僅是如何學好英文，更激勵所有認眞的靈魂，思索如何自我成就，當自己最棒的生命老師，爲自己、更爲周遭的人，打造榮神益人的舞台！

Contents 目次

Chapter 1

學習法1：希望=夢想+噩夢

012 新手上路：怪的最突出
015 噩夢變成好夢
017 沒有參與感的學習是輕浮
019 社會認知理論：依樣畫葫蘆
022 聽說讀寫：盯唆塗諧
027 直接法：打破沉默

032 學習作業
主題1：New You & I
主題2：Rebus Puzzle 畫謎、話謎
主題3：煮字
主題4：黏的分享菜
主題5：煮成功（Recipe of Success）

Chapter 2

學習法2：意志力=對+錯

042 經驗對應：生活在我離開學校時，開始。
044 體驗學習：穿襯裙的洋蔥
046 字卡只是指南手冊，沒有應變能力
048 會話要有內容，否則還是廢話
050 對與錯只是體驗過程，犯錯是美麗的經驗
051 語法和詞彙：火車過山洞
054 語法天生說：邊說邊走

058 學習作業
主題1：This is your life.這是你的生命
主題2：還記得……
主題3：小地方累積，大地方認證（轉移技能Transferable skills）
主題4：創造生命的履歷表

Chapter 3

學習法3：目標=帶領+追隨

068 我只能當值日生
070 不懂也是一種懂
073 二十分到六十分之路
076 一起上山下海
078 社區語言學習：漫遊幫的生存術
083 漫遊幫的良性競爭
084 漫遊幫的轉變
087 漫遊，沒有停止的一天
088 永遠不變的目標：終身學習

091 學習作業
主題1：腦力激盪
主題2：諾亞方舟(Noah's Art)

Chapter 4

學習法4：競爭力=群體+自我

096 分數代表競爭力嗎？
099 十六歲進行環島市場調查
101 被撕掉的履歷表
103 適應，是一種屈服
105 行為主義：褲裙是裙子
110 好奇和學習動機：人多膽大
113 溝通語言教學

118 學習作業
主題1：做個音節的骰子，練練自己的運氣
主題2：開發夢想行動力

Chapter 5

學習法5：純真=答+問

122 徬徨與孤獨的美好
125 給自己創造機會
129 純真的價值
132 再生不是複製
135 建構理論：房子是畫出來的
138 內容為本方法：不好是沒法跟別人一樣好？
140 好與不好的價值觀，你究竟都是怎麼產生的？
141 藝術技巧：劃直線不用尺，是米開朗基羅？

145 學習作業
主題1：練就英文活力肌
主題2：生活路Road of life

Chapter 6

學習法6：耐力=持久+短暫

154 學習是一種愛情的狀態
156 同情是愛的基礎
158 食衣住行育樂，再加上英文
160 人智教育：飽足的微笑是計畫出來的
163 藥草學：哈利波特是一種職業
165 整體語言教育教學法

168 學習作業
主題1：我決定我自己的未來
主題2：世界大不同的研究發展
主題3：心動就要馬上行動

Chapter 7

學習法7：愛護=分享+參與

174 學習找到自己
175 社會化不是同化
180 EQ：溝通是在對的時候掉淚
182 同情和移情：從知道到了解
185 合作學習：你知我知他知
187 成家立業之後，你還能夠分享與參與嗎？

189 學習作業
主題1：字母詩
主題2：學習情緒的正負之間

Chapter 8

學習法8：智慧=創造+解惑

197 給自己一個新機會，不給自己判死刑
201 幽默是生命的發電器
203 必要的時候一笑置之
205 大眾教育：在風雨飄搖中學習
208 化被動為主動，人人都可以平等學習
211 多元智能：生活在電影裡的紐約
214 創造性，創新性和想像力：活潑生動是一種教學嗎？

218 學習作業
主題1：剪貼生命的著力點

上演關於移民法的戲劇，總長約40分鐘，並請大家來捐款。（Cecilio Ximeyo是這個舞台劇的總策劃）

戲院坐滿了人。

我們自己找戲院、自己賣票，專業演出，當晚收入400元美金。

筱薇老師的紐約教室 實況轉播

Chapter 1

學習法1:希望=夢想+噩夢

很多想要做的事，還沒有行動前，都是夢想；
但在夢想完成之前都會經歷很多阻礙，好似噩夢一般；
如果把經營夢想與經歷噩夢的過程都看作——希望，
這就是完成夢想的助力。
在我的人生歷程中，每當我接受噩夢的阻撓，
我帶著希望就又往前踏進一步，離我想要的結果更接近。
這就是圓夢踏實。

Chapter 01

希望=夢想+噩夢

Though no one can go back and make a brand new start, anyone can start from now and make a brand new ending. —— Author Unknown

雖然沒有人可以回到過去重新開始，但任何人都可以從現在開始改寫一個新的結局。——無名氏

新手上路：怪的最突出

從小我就是大家眼中的怪小孩。

第一怪：不寫功課。

這一怪聽起來好像我是個叛逆的小孩，爲什麼從小學就開始自我意識那麼強烈？其實我不是不寫，而是不知道怎麼寫？進入小學之前，大家都在幼稚園裡學會了簡單的ㄅㄆㄇㄈ，沒有進幼稚園的我再加上老師教得快，開學第一天，我很認眞的畫著自己的名字，四十二根複雜的線條交錯的空間，一個小格子裝不完我畫的線條，三個字六格終於完成使命，老師說三個字是三格，我不合規定，給了我第一次的講台亮相——體罰。我問爸媽爲什麼我的名字有四十三劃？每次要寫我的名字就變成非常苦

惱的一件事，我查字典把自己的名字取名叫「丁一」，只要在作業簿畫三筆，我的名字就完成了……聽不懂老師上課說什麼，也不太明白回家作業，從小讀書寫字似乎離我很遙遠，老師拿藤條處罰的時候，身上的痛好像比寫功課的痛輕很多，打歸打，痛歸痛，哭也哭了，功課還是沒辦法準時交，考試成績永遠都在第五十九名，會自卑嗎？還是天生樂觀？心裡想沒關係反正還有第六十名墊底……而且媽媽說，功課只要有六十分就好。

第二怪：放學開安親班。

好不容易放學了，住在眷村裡我可是大姐頭，鄰居小朋友還在上幼稚園的全部叫來集合上課，開始設計「課後補習班」的遊戲，我在他們面前扮演老師，有模有樣，學校裡的功課拿出來讓大家幫我寫，雖然有人大聲抗議，哪有老大的作業要小的幫忙寫的道理？但是小孩的世界很快就打鬧一片，大家開國慶日Party、烤肉喝可樂……在「安親班」我說的話算數，實在太快樂了。

第三怪：成績吊車尾，還可以去比賽？

後來因爲父親軍職的調動，我從鳳山市轉到后里鄉，轉學之後在班上同學看待我好像有一種從城市來的小孩的感覺，加上在眷村長大，只會說國語，以我吊車尾的成績竟然被派參加演講、朗誦比賽，不是都要選成績優秀的同學才能夠成爲代表班上出征？大家的心裡可能都是這樣想的吧，成績吊車尾的我眞的能夠代表全班嗎？我自己也很懷疑。那一天穿著我壓在床墊下一整晚的百褶裙，以及唯一一雙從小阿姨那接收來的長統襪，用橡皮筋緊緊的綁住，台上的我一邊努力想著媽媽說：「把台下的人想成都是西瓜」，一邊橡皮筋緊緊勒住我的雙腿不讓襪子往下滑，在西瓜跟橡皮筋的鼓勵之下，我開心的拿到第四名的獎狀，從此西瓜是我最愛的水果。

第四怪：成績作弊來的？

上了國中，第一次的智力測驗我竟然是全校第三名，當時被學校認爲是絕頂聰明的人，可能將來是升學之路的明日之星，這一定要好好注意栽培，偏偏我在第一次月考就完全破功，成績倒數不說還一路直直落，被放在「升學渺茫班」……但是只有英文一枝獨秀，成績讓人跌破眼鏡，進了金甌商職英文成績保持九十分以上，可是其他科目慘不忍睹，老師問我英文是不是作弊……

噩夢變好夢

國小我沒有寫功課，其實處罰是必然的，這是教室管理。處罰之後，雙手疼痛的我，仍然不知道功課要怎麼寫，老師認爲我是懶，不是不會寫，而是不想寫，於是老師把我留下來讓班上的同學監督我寫功課……見到老師我會覺得恐懼，一方面因爲我還是不會寫功課；另一方面體罰的經驗變成痛的感受……

另一個發現，處罰跟頒獎有點像，都是在講台上被展示，只是鞭打聲代替了掌聲，空洞替代了喜悅的眼神。有的時候懷疑是不是太常在講台上出現了，我未來的事業……竟然也是站在講台上。

這個階段老師所講的每一句話都具有權勢，譬如說老師獎勵學生會請全班到老師家，對學生來說那是一種喜悅。我帶弟弟一起去老師家，三、四十個學生，老師對弟弟說，你那麼優秀可是姊姊爲什麼那麼糟？聽到這樣的話，我覺得很丟臉，這樣的言語太具有破壞性了，在學校似有若無存在，但是在家裡我有照顧弟弟的使命感，厚臉皮的我，還是挺挺胸做個驕傲的姊姊……

另一位老師是弟弟的導師，常常看我去等弟弟，叫我寫下我的名字，當時大家都說我的字很醜，寫得戰戰兢兢的，可是這個老師建議我，再來等弟弟的時候我們一起把寫字練好。突然我感覺很溫暖，原來我也可以一起跟老師做功課，我的一手草莽字也會有出頭天。

愛與被愛，對於這個階段，是成長需要具體行動的表達，孩子是從行爲去感受和區分愛的存在或是缺席。

當我發現我的名字筆劃太多而去查字典，想要找出一個筆劃簡單的名字這個行爲，我好像已經開始在想解決的辦法了。

我在學校裡沒有歸屬感，每天只想趕快下課回家，找來鄰居幼稚園小小孩扮家家酒，開補習班玩得不亦樂乎，在家裡當個很照顧弟弟的好姊姊，將自己的能力轉移到其他地方，營造我的一席之地。

在教室裡若有似無的存在，讓我有機會去用自己的方式適應現實的環境，升上國中之後「英文」的出現，當時大家對這個科目都很陌生，也沒有過去那些成績好壞的陰影，似乎可以成爲「公平競爭」的起跑點，說不定我可以擺脫「吊車尾」的形象。再加上軍中的父親對英文有很大的學習熱情，由於父親常常要隨部隊移防不在家，每次回家我想讓爸爸開心，就有了

「學英文取悅爸爸」的心態，這也成了我學英文的動機。後來被選為擔任英文小老師，第一次感覺自己有了參與感，我不再像小學那樣被忽略了，原本我好像只是點名簿上的一個名字，英文這個科目彷彿給了我一線生機，我的名字似乎有了形體，漸漸凝聚成立體多元的我。

沒有參與感的學習是輕浮

把小時候的學習經驗一直帶在身上，我學習的道理就是人緣要好，要讓老師喜歡你。如果我的存在只是點名時出現的話，我想我絕對可以感覺無助進而逃學，在學校像搶遢鞦韆，排隊買麵包，大家一起掃廁所、拔河、打躲避球、合唱比賽、演講比賽，在我的記憶裡深刻多了。這裡我的領會是，**扮演好團體裡的一個角色也可以人緣好**。

在團體裡能扮演一個角色加深在學習中成長的經驗，而不是輕浮的道理，在小學教育的團體活動，透過**集體互動學習**，**塑造社會生存的基本技能**。小學下課後我用我學到的方法，去關心鄰居小朋友，辦國慶烤肉會；國中當了英文小老師，從學習英文去了解同學的家庭狀況，這些都是團體學習之後在生活上發生的效應。

如果有很多東西我根本聽不懂，如何能夠產生學習該有的消化吸收？在講台上，我的視野讓我看得到學生的學習狀態，不懂到懂的過程，是我在教室裡實驗教學的開始，一邊講一邊用各種輔助方法，從聽到、了解、領會，進而到實踐。

我常常提醒自己，在我的教室裡每個坐在位子上的學生，他們都是教室裡學習團體的一分子，我知道，如果**我無法在兩分鐘之內叫出教室裡全部學生的名字，就一定有人被忽略**；我了解，學習新語言，教室裡沒有一個共通的語言，來自各國的學生一定有人會聽不懂。所以我的教室要像百寶箱一樣，爲學生創造驚喜，我要說的話一定要讓自己的心再聽一次……讓分享的經驗落實，在意團體裡學生的學習、在意是不是每一分子都有領略，懂得領會。過去如果我是曾經被遺忘的第五十九名，現在我營造一個顯性的過程讓學生的懂與不懂，藉由多層次以及多元的學習活動展現出來，好像是行動電話的收訊指數，讓我看到學生有沒有接收到知識的訊號……

小孩思緒很單純，喜歡就繼續玩，不喜歡就會去找下一個，當我被選出來參加比賽，感覺到自己有一絲絲的存在感。愛與不愛的感受已經在發展，一個不被愛的環境如何去經營被愛？我不要把學校的感受放在我的童年裡，只要走出校門口，其實不快樂的感受就像換家具一樣，改變家居的擺設，情緒也會轉變。當時我發揮了我的想像力，但是我不知道。

當你覺得很沮喪的時候，你必須想如何從沮喪裡出走，走到哪裡情緒會被打岔，被其他的

事物吸引。如果你能經驗這個過程，你就有離開那個情緒的能力。找時間跟自己的情緒出走，平撫了情緒，接下來就是用行動塑造一個新的結果。

社會認知理論：依樣畫葫蘆

小時候我的志願要當總統，老師說，女生不可能當總統……

老師說，好學生就是要寫功課交作業，我不寫功課，就是壞孩子。

長大後，爸媽說，女孩子要結婚生小孩……結婚變成我被指定的生涯規劃。

我想要符合大家的認同，就要照著做。依樣畫葫蘆之後，我的志願可以是護士、會計、車掌小姐。我要寫功課把作業交出去、我要二十五歲結婚、我是女生要穿高跟鞋，當秘書……如此一來我就是群體的一分子了。

可是實際上我的認知是一種妥協的，英文叫做compromise，我開始觀察老師疼愛的好學生，制服穿得很整齊，襪子穿到膝蓋，我也跟著這樣做想要被認同，我並不知道爲什麼這樣穿就是好學生，但我知道這樣做會被大家包容，感覺我已經改邪歸正……

我們能不能像黃韻玲有一首歌的歌詞唱著：我就是喜歡你現在的樣子，有時善解人意有時粗心大意，我就是喜歡你現在的樣子……如果拿農產品來比喻，有機的農產品常常有大有小，不見得都長得光鮮亮麗，因爲它的自然健康，我們開開心心的接受。另外，整齊好看的是無機栽培，可是大家一開始的概念都會去選擇漂亮好看整齊的。

過去依樣畫葫蘆有個統一的標準，現在雖然大家表面上不用穿一樣的制服、頭髮也不用剪一樣短，仍然存在依樣畫葫蘆的心態，社會認知轉化經濟上的競爭，變成去比較你穿的便服是什麼品牌、背的書包是什麼牌子？進一步會發現這種依樣畫葫蘆產生集體的看法，像我現在的學生同樣來自中國大陸，福州來的學生問天津的學生吃什麼米？天津的學生說我們吃米但有時也吃饃饃、吃餃子；回教的學生跟我說，老師我要娶三個老婆，我回答，那我也嫁三個丈夫，他很快說不行，沒有女人嫁三個丈夫的。怪了，爲什麼他可以娶三個老婆，但是我不能嫁三個丈夫？如果我說我是「男人」，是不是就可以了……

如果獲得別人認同是要證明自己的存在感，認真明確的了解自己的選擇，挑戰所謂的主流認同對我們在選擇上的影響，我們必須讓自己從被動的學習者變成主動的學習者。

我記得當我們上「公民與道德」課時，老師分組讓我們每一組用短劇的方式表演，我編的短劇是讓同學用唱的方式來表演，排練的時候老師稱讚我編得很好，可以另外再寫一個不同的劇本來演，雖然第二次的成績沒有第一次演得好，**承擔風險也是自我挑戰的開始。**

有一次我小考五十七分不及格，老師說有誰不服氣可以拿考卷來跟老師挑戰答案，**第一次老師讓我覺得可以挑戰制式化的答案**，於是我去理解全部的問題和答案然後跟老師爭辯，僅僅只是一個小考，老師容許我天花亂墜陳述自己的想法，這位老師支持我有創造性的思考，**在爭辯的過程中，我發現原來答案可以這樣產生**。

老師扮演的角色是威嚴和權威全部掌握在手上，如果老師無法讓學生去伸展，思考方式只有一種標準答案，萬一這標準答案是錯的呢？這對與錯的答案將會永遠跟隨我們，是否我們可以去思考一個答案是可以用一輩子的？當老師在意我有沒有懂？跟答案對不對？何者重要？創造性思考在哪個環節裡可以營造？

我的經驗告訴我，每次不給標準答案我就不及格，但我到底懂不懂呢？背出標準答案是唯一取得分數的辦法，但那只是個結果，我不會只是做那樣的選擇，**我知道只要我理解，我懂，自然就會找出答案**。

我在國中階段完全進入到一個全新環境。我不是在群體的認知壓力下去尋找同學的認同，我是用自己的方式交朋友，對照國小我一個朋友都沒有，現在我的朋友全在班上。

老師也不是只限定那幾個，如果這個老師沒有注意我，另一個老師也會注意我，因爲環境不同，我的存在沒有被忽略。當上英文小老師之後，我的自我價值開始提升，就算我翻牆去買花送給老師，這行爲是錯的也錯得很美好，英文成爲我希望的學習動力。

聽說讀寫：盯唆塗諧

一開始學英文，我發現最大的重點在於「觀察力」。

首先我觀察要讓耳朵培養敏銳的聽音，我從七〇年代的老式情歌中聽出「氣音」。接著我天天聽，也跟著一起唱，慢慢找出每個字的完整發音，但這還不夠，還必須大膽唸出來，可能是因爲國小參加了朗誦比賽的訓練，也把臉皮給練厚了，我發音時毫不膽怯，甚至後來飄洋過海到國外趴趴走，我都靠著當年累積的膽識從容面對各種發音習以爲常。

我也常抱著錄音機錄下自己的聲音，有時邊聽邊罵，原來自己唸得這麼爛，重錄重錄，一遍又一遍來回修正，錄音再放出來聽，最後還製作成「有聲書」，隨時放給自己聽，等公車的空檔就會聽「筱薇自製有聲書」。跟我也愛唸英文的軍人老爸，同樣後來也學我錄有聲書，我們邊錄邊聽，成爲父女當時共同的興趣。

當每個學科都是滿江紅時，唯獨英文，讓我成爲演講和朗讀比賽的不二人選，但是每次得名的都不是我，我永遠都是「陪榜者」，當時對輸贏沒有太多的感受，我把英文當朋友，英文是我重要的支撐，英文的重要性超越了成績排名，英文是我重新塑造自己、取悅父親、跟同學互動的快樂分享，有這些就足夠了。

因爲很清楚自己喜歡的事，我想盡各種辦法以「玩的態度」去自我學習，也不在意其他功課有多爛，在英文的學習裡非常自得其樂。加上我唸的是偏遠學校，我發明了很多學習上的玩法，全方位的玩法，成爲深刻又特別的學習。

在后里儘管競爭力不大，不過很早就放棄考前幾名的心態，學習上不緊張，就會注意到很多學習的關聯性。我們剛搬到龍門社區的月眉村時，我試圖去了解那是個什麼地方？我用耳朵去感受周圍各種聲音，就像早期我們住在眷村聽鄰居伯伯叔叔講南腔北調一樣，聽久了自然有模仿力，也能夠溝通。在后里的同學們都會講台語，引起我的好奇，一有機會就跟同學講台語，還拿了好幾張講台語的警告卡。我讓自己聽各種聲音、不一樣內容的聲音，像風聲、雨聲、琴聲……**如果學習語言是用聽出來的，那有太多聲音可以聽了，感覺很富有……**

我發現**學習，不是只有在教室裡！學習，不能只從課本開始學！**學習包括同學、老師、鄰居所在的生活環境跟互動！

在后里我第一次看到稻田，走在田埂上，媽媽會唱：走在鄉間的小路上，暮歸的老牛是我同伴……我就開始順著母親的歌詞找牛、找農夫，可是歌詞內容跟現實對照好像並不完美，因爲眞正踏在腳下的田埂又溼又滑，我又去找自然課本了解稻田的採收期……這樣的學習對照到英文歌的歌詞上也與生活有很多相關。從聽歌到了解歌詞，然後體會意境，這部分在我到英國去唸書時，幫助我很快可以融入當地的文化。

看中文電影也有英文歌，像「牯嶺街少年殺人事件」電影裡的英文歌詮釋當時美軍駐台的背景，了解當時台灣有些生活模式很美式，藉由電影中的英文歌看到台灣的過去。目前在台灣學習英文的環境幾乎無所不在，從美術館到捷運站等等周圍環境，都有很多英文相關訊息，可是很多人習慣「跳過去」視而不見，應該要化被動爲主動，這些都是很好的學習資源。

以前學英文時，老師會叫我們照鏡子，但有時也不知道要照什麼。有一次我在漱口時觀察到口腔發出聲音的變化，我讓聲音來幫助我記憶而不是用背誦的。**學習用口腔的開闔以及聲音來幫助記憶是主動的學習態度一**。

我們過去學習發音一定要學ＫＫ音標，不是像現在的自然發音法，當時我會發明一些符號讓自己看得懂音標，不是記憶而是直接可以反應。嘴巴張大一點就是發o的音，小一點發a的音，我試著去了解爲什麼我要背ＫＫ音標。在報紙上看不到音標，音標只有查字典才可以讀，ＫＫ音標跟萬國音標一個是英國音一個是美國音，但是到了國外口音卻不是音標可以解決的。

學習語言，一定要先從自己感興趣的方向著手，是主動的學習態度二！

我從觀察力、聽力、錄製個人有聲書來探索英文，高中開始聽ICRT，尤其聽廣告，因爲廣告的重複播放率，可以一聽再聽，聽久了連廣告詞都會背，再多聽幾遍更可以模仿唸出更像的口音，**從聽的訓練裡找出教自己的方法，是主動的學習態度三**。

另外我開始找補習班，一家一家去試聽，要找到適合自己喜歡的補習班，最後我選了來自各個工作領域來上課的班級，上課之後發現大家補英文的動機、方向不一樣，有的要出國、有的爲工作，每個人都想在日常生活中把英文應用得更好。義務教育學習的英文只是制式化統一的方向，這個發現讓我更積極尋找出自己的學習法。另外我也找到一些教會有唱詩班、查經班去參加，不用花錢也可以學英文，**選擇適合的教學環境，是主動的學習態度四**。

當我們英文有一點程度後喜歡拿文章來讀，挑戰自己的識字能力，我的經驗是如果一頁文章有超過二十個單字看不懂就換另一本，最好是十個單字以下看不懂的程度再看。我們通常對知識的渴望高於對知識的了解，請別把閱讀的享受讓查字典給干擾了，否則永遠學不好，會殘酷發現自己的程度永遠有落差。進階性的閱讀，不必要先挫折自己，這樣才會有第一本、第二本、第三本……**認識自己的程度，是主動的學習態度五**。

在高三時我發現自己的英文聽說能力很差，但讀寫能力很好，我開始用其他的方法。

我把課文背起來，並且整理名言格言來背。**我鼓勵學生找名言來背**，絕對有相當程度的幫助，但除了背誦之外，你要感受文字才會有意義。我對英文文字有感情是透過英文歌詞，歌詞裡的故事讓我跟著一起情緒起伏，加上唱歌的歌手來詮釋文字，讓文字活了起來，也讓我對文字有深刻的感受，隨著感受來了解口語的應對。**感受學習的內容，是主動的學習態度六**。

如果你目前是自學英文的程度，先養成自己喜歡或可以接受的習慣，有人喜歡隨身背誦字卡，但持續不久，因爲根本沒興趣。**我自己先從聽別人說話開始，然後說給家人聽、說給同學聽，並且訓練觀察力，再從觀察力去了解聲音與內容的關係**。

在后里時競爭少，學習很快樂。英文程度不錯的我可以教同學，每次重複教了兩三次之後，我更喜歡當英文小老師，從一人學習變成團體學習，這種學習跟目前時下很多媒體教學不同，因爲我們是有教有學，互動的管道暢通，就好像**我們擁有一本「知識存摺」，我存放一點知識進去，同學也會存新知進來**，錢滾錢，利滾利，**團體學習也是我另一種自學方法**，這樣的收穫很像我在小學時課後自創讀書補習班。**營造分享學習的環境，是主動的學習態度七**。

自學中有一項很重要的經驗就是：**模仿的過程**。

小時候看媽媽熬湯，我看到湯頭不是透明而有顏色覺得很好奇，我也想跟媽媽一樣煮出有顏色的湯，於是放了醬油，可是嚐起來味道不對，原來因爲媽媽把炒菜剩下來的油料當作湯底來用，所以顏色不一樣，我自己透過實際操作，雖然「顏色一樣，但是味道不一樣」找到了答案，這就是珍貴的模仿過程，也許時間會有快慢，但一定可以找出其中的差別，學習也是如此，一定會找到出路，這過程絕對無法紙上談兵。

有時候所有人的希望可能會是我的噩夢，就像大家都在追求高分這件事，對我來說，要讓別人知道我還有希望，就是透過自我觀察來發掘自己的學習樂趣。我自學鋼琴、畫畫、英文話劇，這些表演一開始當然也是來自學校舉辦我才去比賽，而且因爲是興趣所以做得很開心；但是當有人批評，或者不知道哪裡可以進步時，也同樣會變成我的噩夢。生怕學習沒有進步的方向，所以我不把目標設定在一百分，只要達到六十分就是我的進步。就算有時退一步也不表示放棄進步，因爲目標設定的程度接近眞實的我，因爲有進步，每次六十分的考驗也節節提升。

直接法：打破沉默

高三在補習班上課時，我的第一個外籍老師叫Jack，才二十歲來台灣自助旅行的美國人，面對班上六、七個人，抬頭跟我們講話臉還會發紅，他手上拿一杯咖啡，教書的時候眼睛卻盯著地上。常常不知道是誰怕誰？有一次我在公車上突然碰到他，他跟我打招呼……可是這次換我臉紅了，我低頭看著地上沒有勇氣跟他說話，公車上好幾雙眼睛盯著我，那種壓力讓我不敢開口說話，好像全車的人都等著我開口……我了解到他對教書的陌生，跟我用英文的陌生感是雷同的，可是我們學習英文不就是要在生活上應用嗎？後來也不知道過了多久，我厚著臉皮心裡想反正不一定有人聽得懂，鼓起勇氣開口跟他對話，回家後自我檢討，罵自己，剛剛因爲太緊張文法竟然錯了……

我們不是不能體驗英文的環境，有時候反而是因爲壓力讓我們不能體驗。但是**我們一定要不斷去體驗，才能在體驗中修改自己**。

又有一次是我從英國回來台灣，到戶政事務所變更出生證明之類的文件，就在當時我的英國朋友打電話給我，當時的感覺跟高三在公車上遇到英文老師Jack一樣，全場好像都安靜下來聽我跟電話那頭講英文……

當我掛斷電話之後，旁邊的人跟我說，妳的英文講得很好……我發現我已經不再尷尬了。

高中畢業之後的工作需要我帶著補習班外籍老師到台中招生，其他人不會積極跟這位外籍老師互動，只有我五花八門跟他聊天，這時英文完全用上了教科書上沒有學的。我帶他到鹿港、清水，吃飯的時候他會問很多很多問題。當時我十七歲，了解我的英文需要生活化，在教科書上有很多沒有教的內容，但是要如何使用已經學到的東西，用在生活裡，達到溝通的目的。

我開始每天走路時，找三樣東西問自己英文要怎麼說？

我不用字卡，看身邊任何一個小物件都換成英文，這也是一種變相的觀察力，不要把背誦變成形式而是要變成習慣。如果我們不觀察，就不會發現問題，不會發現問題就不會有聯想，不會有聯想很容易被許多固定的東西所侷限。**如何讓生命不受侷限？把每天生活化的學習變成習慣。**

當時我花多少精神學習英文呢？幾乎每天都帶兩個便當，一個學校吃，一個到補習班吃，常常錄有聲書到半夜三點多，沒有刻意營造制式的格式去遵守，但看到自己錄製的有聲書，這種形式上的累積，就像很多人會把世界地圖攤開來說自己去了二十多個國家，我會把有聲書一字排開來說自己錄了這麼多……英文對我來說就是新鮮感，有人可能覺得每天找三樣東西很煩，但我還怕沒有這三樣東西可找，當你一天背十個單字但沒有一個變成生活習慣裡的運用，十個單字也只是「收藏品」。

沒有人會阻止你的學習，只要你想學！

我很清楚自己的興趣與專長，當我從金甌商職畢業知道自己無法從事教育工作，我努力學英文；當我跨入補教界工作，常常在敦煌書局找最新的教學輔助書做出適當的教具，從教一家補習班的口碑到有五家補習班的課，更讓我認知必須創造自己的機會。

在英文學習路上，我創新學習法，利用畫圖找字，自己樂在其中，但相對其他科目我曾經二十八次沒有交作文，被老師打了二十八下，次數多到最後連我沒交作業老師都察覺不出來了……

小五那一年老師給了我一個禮物，當下覺得自己頭上有光圈，自己也是個重要的人，讓我相信自己在老師的心目中應該有個位置，雖然老師一視同仁全班同學每人都有一份禮物，但我永遠記得那個美好的感覺。我常常自我提醒要讚美、犒賞自己，所以我會選一個可以用到英文的地方，來挑戰自己打破侷限。

在職場上我不介意讓別人知道我教書的能力，因爲我需要讓對方知道他們可以考慮僱用我。往往大家只會在英文能力上打轉，是因爲你看到我工作上的認證？還是因爲我在國外待很久？

英文學習的過程，架構我學習的藍本，規劃一個熱鬧的學習旅程，因爲學跟習的發展都在生活上產生效應，學習就是隨著我的年齡一樣不斷成長，我要展現的不只是英文，而是我如何認眞面對生命以對及生涯的規劃，從我的學習印證在我的教與學。

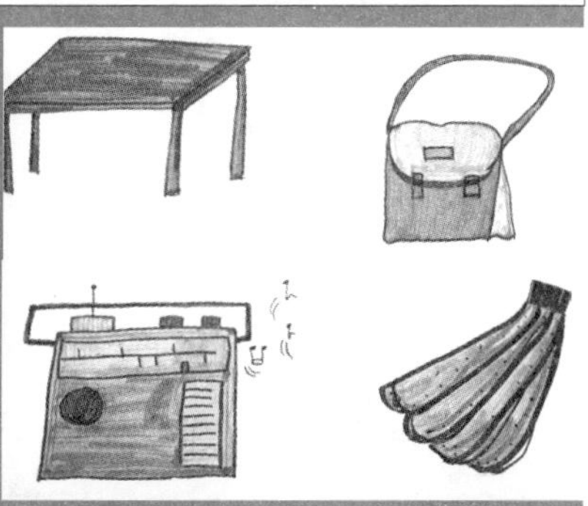

翻出剛開始教英文時的教具，從圖畫上找到學習的樂趣，學習語言一定要先從自己感興趣的方向著手，才能夠主動學習。

楊筱薇自創教具 實況轉播

Chapter 1
學習作業

主題1：New You & I

請寫下你對這個圖文的了解：（中英文均可）

＊參考示範答案：雖然沒有人可以回到過去重新開始，任何人都可以從現在開始改寫一個新的結局。（Though no one can go back and make a brand new start, anyone can start from now and make a brand new ending.）

主題2：Rebus Puzzle 畫謎、話謎

筱薇老師說明：

碰到不懂的問題、記不住的資料，就像在猜謎一樣，拼湊懂與不懂的資訊，想辦法讓自己懂。常常在教室裡想，今天老師又會講些啥樣的事讓我猜謎？有的時候連做的筆記都是畫出來的問題。

接觸到話謎，是發現了很多個「在教室裡猜燈謎多年前的我」。現在坐在我教英文的教室裡，有人高了點、有人壯了點、有人黑了點……而我們的共同點都是——聽不懂，用猜的，滿頭的問號要有答案。

既然都要解答，何不學習怎樣解答。

在我的教室，謎題與問題的差別，在於大家參加的踴躍性。當我把畫謎寫在黑板上，全班學生眼睛為之一亮，那就是學習解決問題的第一步。

想一想：

1.

2.

3.

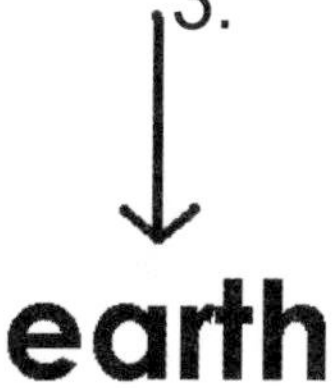

答案：＿＿＿＿＿＿　答案：＿＿＿＿＿＿　答案：＿＿＿＿＿＿

＊畫謎（Rebus）：是以圖形、字音或字型來影射意思的猜謎遊戲。
＊神智體：是指用字型、結構、符號來表達出詩句的意義。
＊Rebus答案：1.Sweet dreams甜美無數2.watch out小心3. down to earth腳踏實地

主題3：煮字

筱薇老師說明：

依據畫謎裡的提示來解碼，欠缺的就是香味跟口味。用畫謎的原理來煮個菜，學個新料理。

學習作業A：

請從下列的詞彙裡選出最適當的畫謎填入：
1.切丁　2.灑／撒　3.切片　4.切碎　5.擠壓　6.沾上

1. ______　2. ______　3. 撒（示範答案）　4. 切片（示範答案）

5.切丁（示範答案）　6. ______　7. ______

＊依據外型來解答這些英文單字，挑戰自己的想像力。

學習作業B：

選擇恰當的蔬果處理方式來準備你的食譜：

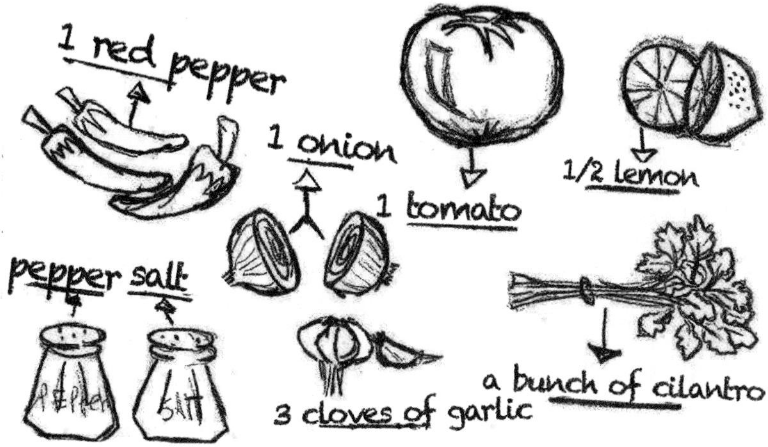

學習作業C：

Preparation A+B=句子

1. slice onion（示範答案）
2. slice tomato（示範答案）
3.
4.
5.
6.
7.
8.
9.
10.

繪圖◎Joel Roadriguez

1
1 red pepper
1 onion
1 tomato
1/2 lemon
pepper salt
3 cloves of garlic
a bunch of cilantro
2
pestle
mortar
chopping board
kitchen knife
3
red pepper
onion
tomato
chop,
slice,
dice,
squeeze
garlic
cilantro
4
Mix them well in a bowl
spatula
medium sized bowl
5
salt
pepper
6
Add a Pack of corn or potato chips
corn
potato
7
dip in
8
Enjoy your meal

繪圖◎Joel Roadriguez

主題4：黏的分享菜

筱薇老師說明：

準備食物的烹飪經驗，能幫助我們了解飲食和健康的選擇。對食物的了解和態度，從中可學習獨立、主控權，分享進一步發展自我的歸屬感。

Salsa是一道沾菜，是一道分享菜。當你將學習拿出來分享的時候，就是學習在收穫的時候。透過色香味的記憶，你的學習就像沾菜一樣，黏著你不放。

學習作業：

Tomato Salsa Recipe 需要的材料有哪些？
（請參考右圖，將屬於材料的英文單字陸續列出）

1. red pepper（示範答案）
2. garlic（示範答案）
3.
4.
5.
6.
7.
8.
9.
10.

主題5：煮成功（Recipe of Success）

筱薇老師說明：

有了料理的基本知識，我們來做一道叫做「成功」的菜。
以下是我的學生為你準備的材料，請在空白的地方填入你的材料與份量。

學習作業：

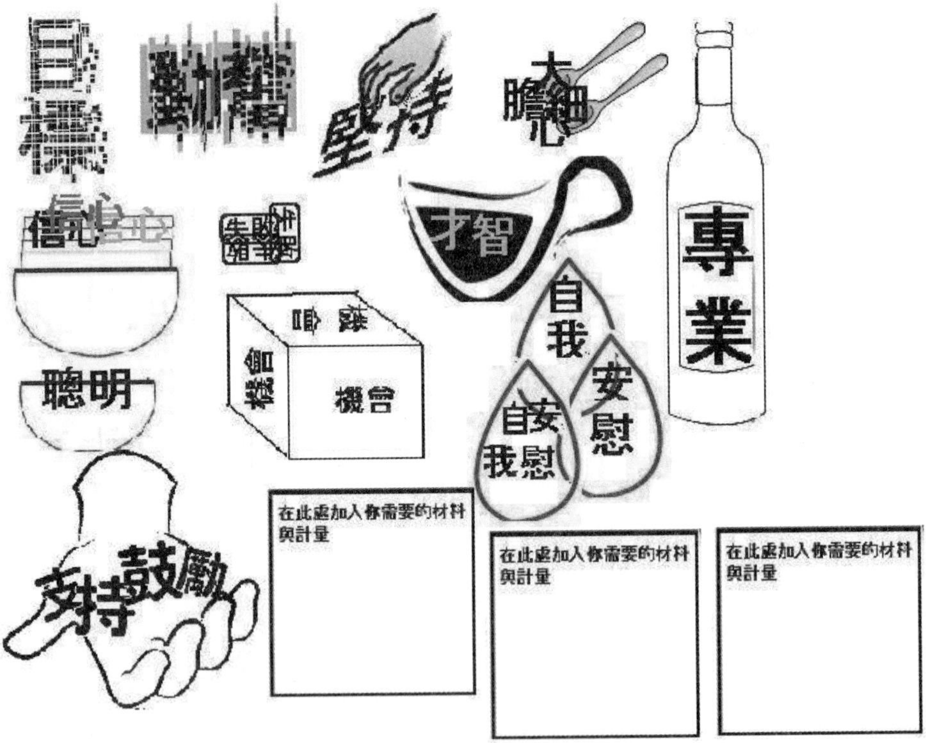

一捆努力或兩包為人著想（示範答案）

＊繪圖◎Meng Meng Liao
＊單位量參考：瓶／滴／碗／塊／匙……或自創。

我的成功需要：

1. 3瓶專業（示範答案）
2. 一大碗信心（示範答案）
3.
4.
5.
6.
7.
8.
9.
10.
11.
12.

筱薇老師提供的煮成功秘訣：

請酌量使用機會，畢竟機會是由其他的材料創造出來的。
多利用自己可以提供的材料如：專業知識、目標方向、勤奮不懈、才智的累積以及經驗提供的膽大心細。適時給自己鼓勵與安慰，失敗的到來也是可以迎接的。更別忘了你同進退的戰友們，互相鼓勵與支持是絕對需要的。預祝你的成功菜，色香味美！

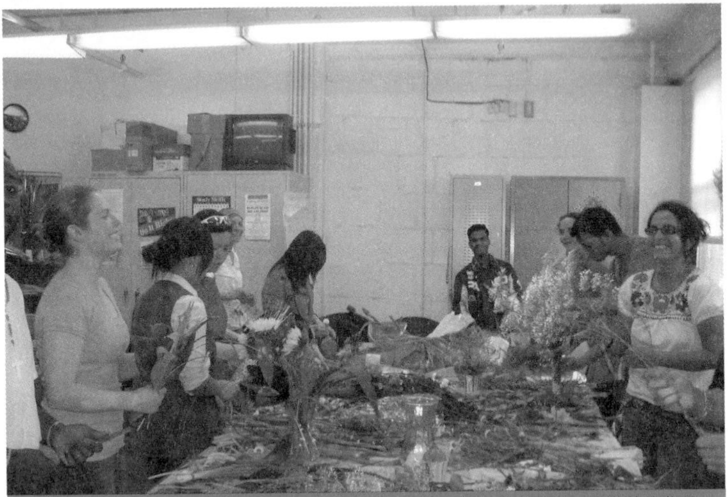

這是一場準備插花的課程，我們一起準備花材、認識花的費用。

插花作品義賣現場。

學期結束的合照。

筱薇老師的紐約教室 實況轉播

Chapter 2

[學習法2:意志力=對+錯]

語言的發生要讓生活有樂趣，這樣語言才有意思。
所以沒事就用英文和自己談天説笑，
學習英文的意志力就在這些日常中建立起來。

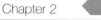

Chapter02

意志力=對+錯

Your life may be the only Bible some people read.
——Author Unknown

有些人會將你看待生命的價值觀，當作聖經般的引領他們對人生的方向。——無名氏

經驗對應：生活在我離開學校時，開始。

從小到大我能夠被稱得上「選手級」的項目，唯有英打這一項。一般人一分鐘打二、三十個單字就很強了，但選手級的我可以打上六十個單字……可是我卻不知道花那麼多時間成爲選手有什麼好處？

後來到英國唸書，這項絕技終於派上用場，因爲全班同學竟然只有我會英打，那時才發現原來英國人幾乎不學英打的……一開始我靠著英打幫同學打作業，他們看到我十指在鍵盤上飛躍，簡直是神乎其技，半個小時就打了十幾頁，一群人圍觀看我打字，很受同學歡迎，還曾經發生因爲我敲鍵盤太用力，老師爲了搶救鍵盤，不斷提醒我輕輕打、輕

輕打……以前參加英打比賽，從來沒想到這個技術有一天可以變成「國民外交」。

高中成績一片滿江紅的我，只有英文一枝獨秀，老師看出我有「英打潛力」積極培養我成爲選手，當時老師普遍認爲我們只是一般高職生，畢業之後的發展頂多從事秘書之類的事務性工作，練練打字，還可以參加比賽爲校爭光。但我認爲英文才是我的主要價值，英打只是附加的技術，因爲你英打再厲害，英文不好，仍然打不出任何內容。

在學校學習的是非判斷，都是由指導者來教導我們，因爲以我們既有的經驗無法判斷，指導者以我們所見到的事物來告訴我們對與錯。老師培養我成爲英打選手，告訴我這樣才是對的，但並沒有告訴我英打可以讓我有更好的工作機會，或者學習英打可以改變什麼。所以這個知識是眞空包裝起來的，**封裝的知識狀態，如果一直沒有被打開氧化，我永遠不會知道這個知識對我有什麼用處**？就像一顆蘋果的滋味，你咬一口下去，蘋果果肉遇到空氣氧化了，你才嚐到蘋果的滋味。

小時候我們都學過培養綠豆發芽的實驗，上課不專心的我沒有聽懂，於是把原本該種在土裡的綠豆，換成五塊錢硬幣埋在院子裡，天天澆水，期待可以長出更多綠豆，還慫恿弟弟把五塊錢也拿來種，結果過了一個星期，錢不但沒有長出來，我還因爲要買糖果找不到錢，想去挖院子裡的五塊錢……原來我種的是錯的東西，澆再多的水、等待再久，根本就是白費時間，可是我卻從這個經驗中得到了答案。

在台灣，每個人都想學好英文，英文好就代表社會價值高，英文好像不再只是溝通，而是代表可以賺更多錢及得到更高的社會地位。英文像一門高貴的學科，你英文好你就鍍了一層金……我的學歷在台灣是高職畢業，當下在社會上的價值觀認定好像我不可能再往上爬，就算英文再好我也不被認爲有實力，當時這種眼光讓我對台灣的升學教育環境有很深的無助感。其實，英文對我來說是很生活化的工具，我認識外國朋友，帶他們看演唱會、教他們買車票搭火車，英文就是一個生活的工具，我不認同台灣人對學習英文懷有太多附加價值。**我的學習要透過個人經驗來理解對與錯，我的成長經歷需要經過生活經驗的對應，讓學習發酵**。我離開學校，選擇出國，希望透過體驗，看看能否用英文做些什麼。

體驗學習：穿襯裙的洋蔥

體驗學習最早萌芽的印象是小學時很期待聖誕節，家人不懂這個節日，只知道是行憲紀念日，但我幻想著聖誕老公公會來送禮物，於是把學校聽來聖誕節的典故由來告訴父母，當天還找了母親的紅衣服穿在身上，綁條紅絲巾，告訴他們：「我是聖誕老婆婆，晚上我會從煙囪丟禮物下去，你們要掛好襪子，讓小朋友拿到禮物……」父母看我這麼積極扮演，了解我想要聖誕禮物的意圖，從此每年都會爲我準備禮物……這個結果讓我記憶深刻，原來當我把想法付諸行動後，不但我自己從中得到樂趣，也讓別人很清楚了解我的表達。

我在紐約的英文教室，有一回談到南北戰爭的歷史人物，同樣爲了讓自己和同學們能夠實際感受那個年代的知識，我模仿南北戰爭時代女生的服裝，穿起蓬蓬裙。

這不是一件裝個樣子的蓬蓬裙，它不僅有裙子裡面的骨架，還加了很厚的襯裙，縫製裙子時才知道襯裙是像洋蔥般一層連著一層，穿起來簡直熱到極點。爲了體驗學習，我上課穿、吃飯穿、打掃穿、上廁所穿，甚至爬樓梯時還得拉起裙襬才可以下樓梯，對面有人走過來我還要側身才可以走過去……非常不方便，可是當我實際示範穿蓬蓬裙上課，同學反應非常熱烈。

他們彷彿置身那個年代，記憶的方式變得非常有實感，我們把看似無關的東西搬到現實生活，還包括利用顯微鏡看洋蔥觀察染色體，有人或許質疑，這是英文課還是生物課？但是又有誰規定英文課應該怎樣才叫英文課？不是因爲叫「英文」的才叫英文課。義務教育教的也都是基本常識，英文課只是其中一科，你的英文也要與其他知識一併了解，現在很多人不知道如何用英文表達基本常識，就是**缺少體驗學習，所以你的英文變成是「中空的」，因為你沒有找到**

運用英文的方法。

當我穿著蓬蓬裙跟同學談南北戰爭，學生間接接觸到異國文化，我自己以前看電影「亂世佳人」，總是無法理解當時的女性要穿蓬蓬裙，也不清楚穿起蓬蓬裙的感覺是什麼，現在穿了之後才眞正明白文化的不同。當時一位非裔同事半開玩笑，現在知道黑奴是怎麼來的了吧！原來如此，穿蓬蓬裙之後根本無法做任何事，如果沒有別人在旁協助打理，恐怕只能穿著蓬蓬裙像個紙娃娃一樣……這就是語言的魅力，也是體驗學習的發現，從不一樣的文化親自體驗學習。

字卡只是指南手冊，沒有應變能力

穿蓬蓬裙體驗學習後，學生對我的教法產生「對與錯」的迷惘，有的學生反應這根本不是上英文課，甚至一些剛來的新生以爲美國都是這樣教英文，語帶不屑批評我在「亂教」。他們希望能夠多背多寫多學文法，這樣才是「速成班」，才像英文課。

很多學生習慣老師邊講、他們邊抄的傳統教法，學生的反應讓我大受衝擊，當我認爲英文就是藉由生活轉爲習慣，一定要連結食衣住行育樂，他們卻仍執著在傳統的英文學習概念，爲了改變學生，我決定先執行傳統教法。

我問學生英文該怎樣學？他們一致回答，唸課文、寫黑板、單字抄寫、複誦單字，學生果然很用心抄筆記，努力的複誦，下課後我站在教室門口，請要離開教室的同學說出剛剛我教的內容，回答不出來的人要再回到教室找懂的人繼續教到懂，結果大部分的人都回到教室，而程度比較好的同學也用同樣的方式教，但只要我改個單字或題目，同學就回答不出來……結果變成很多學生幾乎「永遠回不了家」。

這與大部分人習慣背字卡一樣。字卡就像一本沒有應變能力的指南手冊，雖然知道手指、指甲油怎麼唸，但如果要你說出，我想塗指甲油，就變得支支吾吾了，就像我高中找補習班上會話課，原以爲自己背的單字一籮筐，卻一句會話也對不上來。

傳統教法只透過抄寫獲得答案，不但缺乏操作，也不會找機會使用，是一種被動式教學，碰到問題時一樣不會解決。這些初來美國的孩子遇到生病、求學等狀況，字卡根本無法解決需求。

會話要有內容，否則還是廢話

有一次，學生想要學習會話，我請大家找出想要學的一本書，結果他們給我的是一本文法書，我按著文法書的概念開始與他們對話。

你是誰？

我是×××。

可是沒多久我們就互動不下去了……

學生開始抱怨，這根本不是對話……

我問大家，對話是什麼？

學生說，要有內容！

於是我開始說：「天氣好熱啊！」

學生回答：「對啊，電費好貴……」

我繼續問：「你收到的帳單是多少？」

……

一場對話就這麼展開了，我們開始從房租聊到薪水、聊到冷氣開幾小時，不僅對話內容豐富，還學到從十到上千萬的數字，這些看似沒有關聯的上課內容，卻都在對話中完成了，課本的數字瞬間活起來，學生覺得有學到東西，內容也都出現在教科書上，這堂課印證，只要能夠回答出來，你就學到了！

國學大師林語堂曾說：「沒有文法的會話是廢話！」

以前我就提醒自己，**學英文不要講廢話**！

所以每天望著天空、看地板時都在想「文法」，而不是談話的內容，因爲大師說，沒有文法的會話，就形同廢話……後來當我自己離開學校，以英文教學爲工作，我的體驗學習印證：**會話必須要有內容，否則還是廢話**！

有一次大家在課堂上讀單字圖卡讀到昏昏欲睡了，我讓大家去逛過季商品店，了解什麼叫「size」，同時規定每個人要找一條領帶、一件洋裝，有的男生抱怨爲何要找女裝，我告訴他們：「你總有喜歡或值得送的人，你應該了解她的size！」整個挑衣服的過程，他們運用在課堂上那些「快要睡著的單字」和店員、同學互動，我看見他們臉上溢滿興奮與快樂。

這些孩子初次來到美國，有一次我們去游泳池，泳池規定必須穿泳褲才可以下水，有的孩子在自己的國家從未穿過泳褲，他們是直接跳下河去玩水的，爲了確定他們明白什麼叫「泳褲」，我們又去過季店尋寶，看同學不知從何下手的表情，我刻意挑了一件男生泳褲穿在身上，當他們看到我的裝扮就知道該怎麼挑選，雖然我上半身穿女泳衣、下半身穿男泳褲，實在滑稽到不行，卻解決孩子的生活難題，所以我們的「體驗」是真實，而非假裝的。**因為學英文的本質，其實教的就是「人的需求」**。

對與錯只是體驗過程，犯錯是美麗的經驗

學生當初對我的質疑經過半年左右有了明顯改變，我不但取得他們的信任，還讓他們一起研發、設計新課程，我們的關係不同於一般師生，每年生日，我連著好幾天都會收到在校或畢業學生送來的蛋糕，我是他們在美國遇到的第一位老師，他們跟著我不只學英文，而是藉由我教給他們的方法學習「如何學習」。

從學生的質疑直到我們可以共同設計課程，其中歷經了「對與錯」的思考。

記得小時候母親實驗做月餅，我不小心讓月餅掉在地上到處「打滾」，全家笑翻了，而後發現媽媽做的月餅跟石頭一樣硬，母親跟著一起大笑，沒有失敗的挫折感，不以爲意的說，沒關係，下次我會改良麵皮的比例。媽媽的實驗精神，也容許我在生活裡多了能力面對失敗的挑

戰，這是一種安全感與幸福感。

當學生挑戰我的教學法時，我覺得是很好的機會，儘管身為老師，我並不害怕在學生面前犯錯，如果犯錯我會請求原諒，並讓他們找出我的錯誤。因為一個人如果對自己太嚴苛，就會害怕犯錯，如此一來會變得不敢寫、不敢講。其實，犯錯是美麗的經驗，可以看到自己的錯誤並修正它，所以我容許學生犯錯，也容許自己犯錯。**對與錯只是體驗的過程，其間會歷經修正與反省，更是體驗的動力來源，像媽媽的月餅一樣，會越做越好。**

在我班上有些學生上課遲到，但我不以為意，因為我了解他們必須工作的辛苦，但有幾位曾經毫無訊息長達一個月沒來上課，有一天突然出現在教室門口，而我的態度是，不讓他特別受注目，但也沒表現出「很討厭你」，只讓他知道自己未遵守規定。**留給他一個自尊，犯錯的人會知道自己的錯誤，你不用處罰**，他的內心會主動察覺並感到自責。

語法和詞彙：火車過山洞

以前，我一直以為，文法和字彙是英文的學習重點，直到高中畢業開始教英文後才體驗到，必須把文法和字彙融會在聽說讀寫的內容中才行得通，否則文法跟字彙就像行經長長、永無止境的山洞，沒有「出頭天」。

出國申請大學時，我以為只要靠著文法與字彙的學習精神就能行遍天下，所以每次坐在火車上有空檔就埋頭猛背單字、文法。有一次在火車上，我發現車掌帶著口音，而且講一串我聽不懂的單字，每串字都有段落，但我就是沒辦法聽懂，當時北愛爾蘭經常有炸彈客，常常導致火車誤點或停開，所以大家很怕火車不開，會發生什麼事，每次搭火車過山洞時，我就特別緊張。

果然狀況發生了，那一次我們全都被趕下車，當時我才發現自己對英國地理渾然不知，只知道「北方」，完全沒有東南西北概念，只能在路邊開始做筆記，我用英文組成句子問自己很多問題，解決我的「怎麼辦」。

我現在在哪裡？我現在發生什麼事情？我要何時才可以到達倫敦？原來學英文不是只有文法跟字彙，你還要了解當地很多東西才能生存。那次的經驗也讓我深刻體會，**當危機發生時才能驗證你的語言能力是否派得上用場**？如同與人吵架、爭執時，你不可能用辱罵方式，而是要學談判，此時除了文法，字彙能力就像一節節的車廂透過情境或目的性，可以把相關的字彙串連在一起。**了解當時情境，就像找到你座位的車廂一樣，拿出歸納好的架構與字彙運用，如此，你的文法與字彙才是活的。**

在台灣，其實營造了很好的英文環境，我每次回國會發現台灣的國際化又多了一些元素，但學習者因爲已經習慣它的存在，久了卻不覺得有任何幫助，如果能夠規劃學習時間點，譬如三個月做一件事，可能是出國、到美術館，規定自己只能看英文，不斷找機會給自己一個英文環境。把自己的學習環境重新組織起來，將字彙與文法試著放在不同的情況，語言才會活起來。

很可惜的是，很多想要學好英文的人，往往因爲習慣了這些資訊的存在，即使看到了卻也視而不見，總認爲英文是給觀光客看的。其實教導者可以以創造台灣的雙語環境爲概念，**當大家都把習慣拿來創造學習的環境，語言能力自然可以輕鬆過山洞**。

你知道新移民的聚會環境都是說英文的嗎？你關心人權、兩性、平權的問題？你曾經閱讀台灣對於外勞人權的資料嗎？你知道去抗議新移民的問題都是要說英文的嗎？這些內容其實都跟你我息息相關，現在我在美國教導新移民學生說英文，我就會把這些權利義務列入教材之中，有人被壓榨、勞力走私等等的問題，我必須讓學生懂得爭取自己的權益。

在台灣，學習者很少能做選擇、自己決定，但人生路程必須要自己經驗，就算再漫長，學習的山洞要靠你自己體驗學習之後才能一關一關過。

語法天生說：邊說邊走

在電視影集裡看到演美國總統的都習慣邊說邊走，跟秘書說、跟媒體說、跟幕僚人員說。因爲語言的天生性，讓每個人隨時都在溝通，每個語句交換的過程都有影響力。人生來就有天生學習語言的架構、模仿聲音、說話的順序，只是不知道動詞、形容詞等，很多人認爲語言學習只在教室發生，我們溝通的方式跟戲裡的美國總統沒有兩樣，但**我們生活在中文的環境，隨口就能說中文，為何英文學習跟使用卻是小格局的**？

有學生抱怨自己的英文不好，我就告訴他，錯！你至少已經會說一種語言（母語），只是要花一些時間多了解另一種語言，你會認爲自己英文不好，是因爲你侷限自己使用的空間，但如果以英文不好作爲藉口，拒絕學習就很不可取。每個學習者應該抱持一種觀念：**我不是要把英文學好，而是要花時間跟精力投資在新知識上，這樣才能繼續延伸下去**。

我們本來就**可以利用原本已經會的語言去認識其他語言**。從剛牙牙學語的階段，然後可以講出文謅謅的話，進而能夠讀懂中國文學，也都是用同一架構去了解；英文的過程也是如此，**用進入生活領域的觀點去學習，而不是把它當成一門學科，這就是學英文的態度**。

既然學習英文要生活化，所以你要靈活開啓，關閉的腦筋是個空房間，你必須隨時有準備，如此語言才會發生。走路時要用英文和自己說話、談心，看看周圍身邊，英文其實無處不在。誰說台灣沒有英文環境，只是你不用，你把自己的腦袋關起來而已。

如果**把自己的學習環境變成三百六十度，久了之後就會愛上學習**。

以前我在台灣教英文，對象是兒童，我會教他們用英文背電話、地址，然後慢慢的就會成爲習慣。我也會把中國郵報的頭條和台灣報紙頭條相同內容做對照，這也是自己營造的雙語環境的一種，出國唸書前我就會自己**營造雙語環境，包括房間內所有東西都能用英文說**，習慣養成了，就成爲出國的動機。

當時出國沒太多經費，只能唸當地語言學校，但我發現，英國的語言學校與台灣的補習班其實很類似，只是現場都用英文講，但離開語言學校後剩下的英文環境還是要自己營造，後來到美國也發現，當地的語言學校和台灣一樣類似，所以建議有心出國唸書的人，如果是考試用途，不必爲了唸語言學校而飄洋過海，台灣的補習班不但能讓你快速了解、過關，目標也非常明確。

營造說雙語的環境，你可以從電影的中英文字幕開始起步，英文只差在倒裝句，透過學習自然就會有倒裝能力。運用了解中文語言，去了解英文，只要找出一個架構，了解語言是怎麼成立的，把這個邏輯用在第二、三外語上，是有辦法學習的，我就曾用英文學習的邏輯去學法語、日文。

接著再**營造與自己互動的行動教室**。

我教英文時發現，同一語系的學生在班上都只講自己的語言，但三個月後可以一半母語一半英文，關鍵就在於可以把過去的語言習慣，以英文方式變成日常生活習慣，營造一個空間，先用英文學過去從來沒有學過的知識然後再轉換成中文。

有些學生吃飯不知如何點三明治，我讓他們把生活中的需要放在課堂上，學習跟自己互動，遇到不會的單字查字典。我發給全班二十元，請他們利用這二十元餵飽所有人，於是大家開始討論，這個太貴，那個錢不夠……後來決定叫披薩，他們自己打電話點餐，把點餐該學的英文都學到了。

所以**請給自己一個習慣養成吧！每天十分鐘就好，想想生活中你需要什麼？都把它轉換成英文**。我從高中就養成這個習慣，試著找自己有興趣同時不討厭的事，這樣一來學習就不會倦怠，不會半途而廢，不會五分鐘熱度。以前我住大直，附近盛開一種亞熱帶植物，我覺得有趣，知道是麵包樹就叫breadfruit，我跟同學分享，所以**學習不只是自己學，你可以告訴別人，分享出去，這樣你的學習就不只是學習而已，你更可以變成有影響力的人**。

語言的發生要讓生活有樂趣，這樣學語言才有意思，所以沒事就用英文和自己談天說笑，學習英文的意志力就在這些日常中建立起來。

Chapter 2
學習作業

主題1：This is your life.這是你的生命

筱薇老師說明：

「This is your life」是一個英美的電視節目，在節目裡主持人會安排驚喜，受訪人的兒時玩伴、老師或是工作同伴、家人，像書中的章節一樣，一一出現，讓受訪人感到驚奇，也將受訪人的生活展現在觀眾面前。

每個人生命都有階段，我們掌握各自的生命章節，充實與否、好與壞，都是一個完成的章節，現在找個時間把階段性的你，安排成一章一章的學習，每一個章節都準備了下一章的開始。

示範：

以下是我架構本書的八個章節：
希望=夢想+噩夢→記錄下我在學校裡，寫下我的志願的過程。
意志力=對+錯→收集了很多美麗的錯誤。
目標=帶領+追隨→想起了「跟著感覺走」的日子。
競爭力=群體+自我→憶起追趕著分數的心情。
純真=答+問→發現自言自語的習慣是我養成的特色。
耐力=持久+短暫→跟自己拔河，是多年保持下來的青春秘訣。
愛護=分享+參與→體會了關愛走天下的捷徑。
智慧=創造+解惑→發現我的教學巫術是從小開始的。

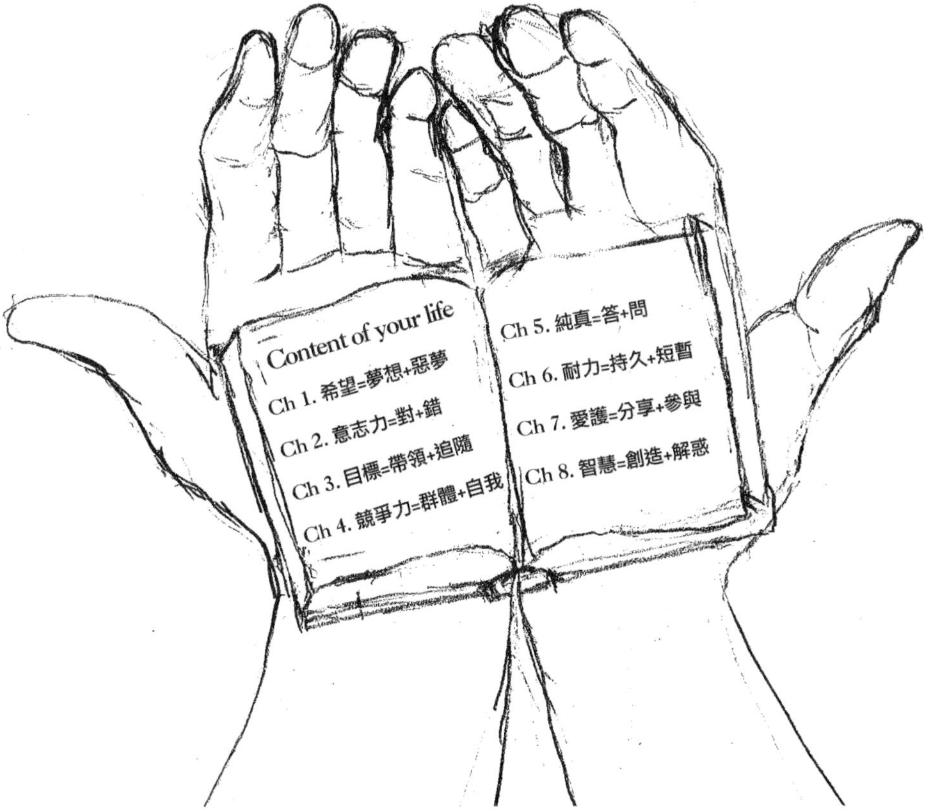
Content of your life
Ch 1. 希望=夢想+惡夢
Ch 2. 意志力=對+錯
Ch 3. 目標=帶領+追隨
Ch 4. 競爭力=群體+自我
Ch 5. 純真=答+問
Ch 6. 耐力=持久+短暫
Ch 7. 愛護=分享+參與
Ch 8. 智慧=創造+解惑

主題2：還記得……

筱薇老師說明：

把你回答的問題，總結成一個句子、成語或是一個名稱，寫在圖中手上的章節裡。

想一想This is your life：

1. 你生日許的願是什麼？你新年的新希望是什麼？完成的願望有哪些？遺忘的又有哪些？
2. 你堅持做的事都是對的嗎？錯過的事又有哪些？
3. 哪些目標是達成了？哪些事跟很多人一起參與？
4. 有跟自己競爭的經驗嗎？還是參與過一爭高下的比賽？
5. 哪一部分的你，一如往昔沒有太大改變？
6. 什麼樣的事或是作息，你持續不斷的做？
7. 分享你的喜悅、悲傷，是中午的便當嗎？還記得其他哪些事呢？
8. 還記得自己做的小東西嗎？或有試著解決難題的經驗？

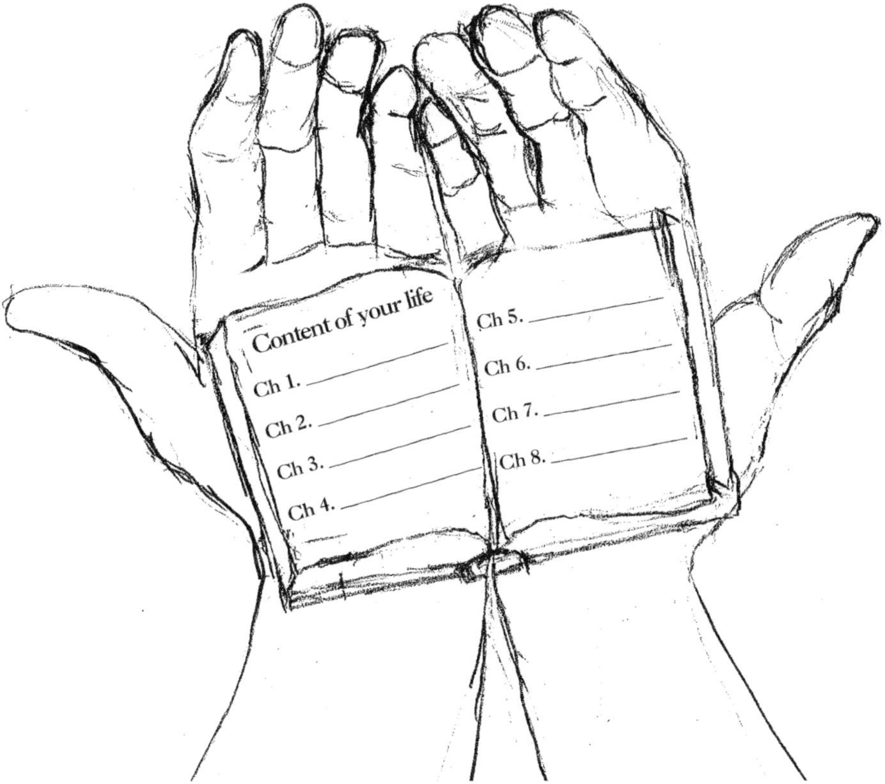
Content of your life
Ch 1.
Ch 2.
Ch 3.
Ch 4.
Ch 5.
Ch 6.
Ch 7.
Ch 8.

＊請影印放大填寫。

主題3：小地方累積，大地方認證（轉移技能Transferable skills）

筱薇老師說明：

履歷表裡有很多常用的字彙，很多是個概念性的行動，經驗是從小累積起來的，不要忽視那些留下的記憶，到現在對你的喜好、工作或是跟人的相處都有影響。我把我在寫書過程裡想到的小事放在這裡，看著他們從過去衍生出對我現在的影響。

示範：

I am able to……我能夠	我做過
Delegate responsibility（分工）	團隊活動：啦啦隊、旅行團，是領隊也是成員。
Plan and arrange events and activities（計畫和安排各種活動）	童年開設安親班，絞盡腦汁辦活動，吸引鄰居陪我玩。
Multi-task（多元任務處理）	口譯兼導遊。
Motivate others（鼓勵他人）	英文小老師，當姊姊、啦啦隊員。
Attend to visual detail（注意視覺細節）	餐館打工，了解注意細節的重要性，不然衛生檢查不過關。
Train or teach others（訓練或教書技巧）	先從學習教自己，學鋼琴、腳踏車或是一個新語言。
Research and develop（研究發展）	觀察跟記錄讓自己印象深刻的事，在街上跟店家學做小吃。
Deal with obstacles and crises（障礙和應對危機）	給自己生活挑戰跟「不」挑戰。
Assess and evaluate my own work and others'（評估和評價自己和別人的工作）	對事不對人，跟自己的預期做比較，有的時候需要修正的是目標。
Build, design or craft objects（建造、設計或工藝製品）	改造或是編織我自己的衣物。
Take on social issues（用行動關心社會問題）	投身志工行業

▶ 寫下：關於你的記憶小事

把腦袋庫存的塵封往事拿出來重新認識，寫下你過去累積下的步伐，消化成你的轉移技能，套用著專業的術語，用你的體驗傳達你的資格，給自己的付出下一個定位。下列的技能是在履歷表裡常用的表達方式，你會發現職業技能是從小地方累積，大地方認證。

I am able to……我能夠	我做過
Delegate responsibility（分工）	
Plan and arrange events and activities（計畫和安排各種活動）	
Multi-task（多元任務處理）	
Motivate others（鼓勵他人）	
Attend to visual detail（注意視覺細節）	
Train or teach others（訓練或教書技巧）	
Research and develop（研究發展）	
Deal with obstacles and crises（障礙和應對危機）	
Assess and evaluate my own work and others'（評估和評價自己和別人的工作）	
Build, design or craft objects（建造、設計或工藝製品）	
Take on social issues（用行動關心社會問題）	

主題4：創造生命的履歷表

筱薇老師說明：

一般工作的履歷表都是列下事件。
當我在寫履歷表的時候，腦海裡播放著一頁頁的紀錄影像，像辦公桌、大樓的樣子、上課的教室等等。在找工作面談的時候，內容都是針對如何把現有的技術移轉到新的工作上。常常在面談後，後悔沒有提到一些零散的經驗，這些經驗對新工作是很有幫助的。透過這個履歷表發現很多我多走的路，喜歡與不喜歡的經驗，都間接轉移成生活或工作技能。藉由這些瑣碎的過程，對我訂定目標計劃也很有幫助。

示範：筱薇老師的履歷表

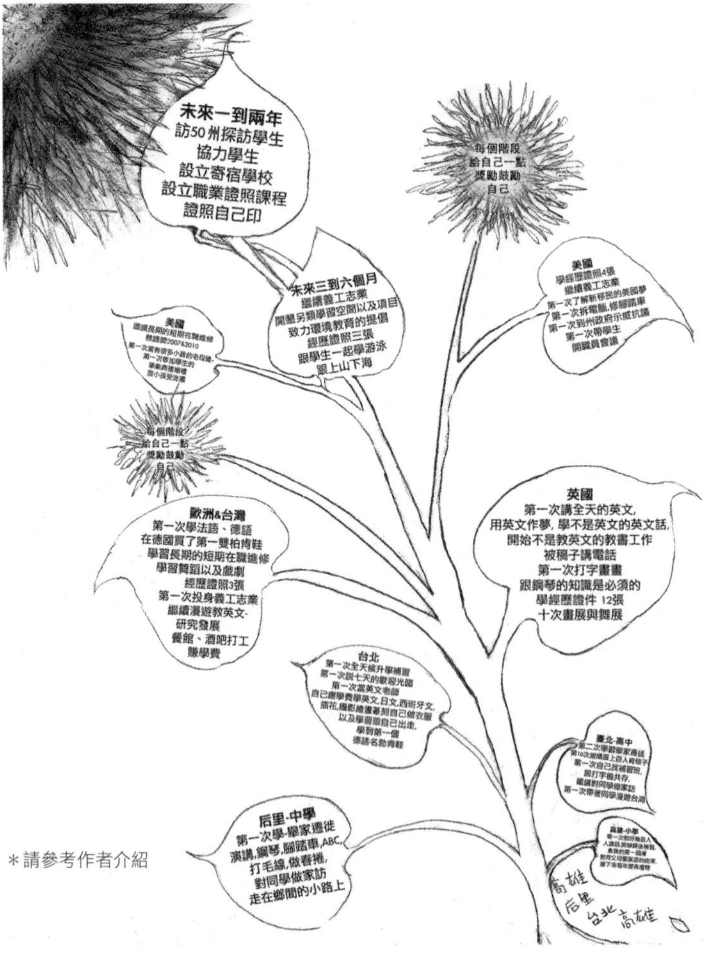

＊請參考作者介紹

▶ 寫下：你的履歷表

擺脫傳統的履歷表格式，用迎接以及創造生命開始來劃下你的下一個階段。
工作上有新老師來應徵，我對他們生活上的體驗特別感興趣。從興趣培養到義工經驗、旅遊到其他技能，都能夠讓我對他們有三百六十度的了解。運用轉移技能表寫下的歷程，過程像植物一樣，新生、再生、開花結果。

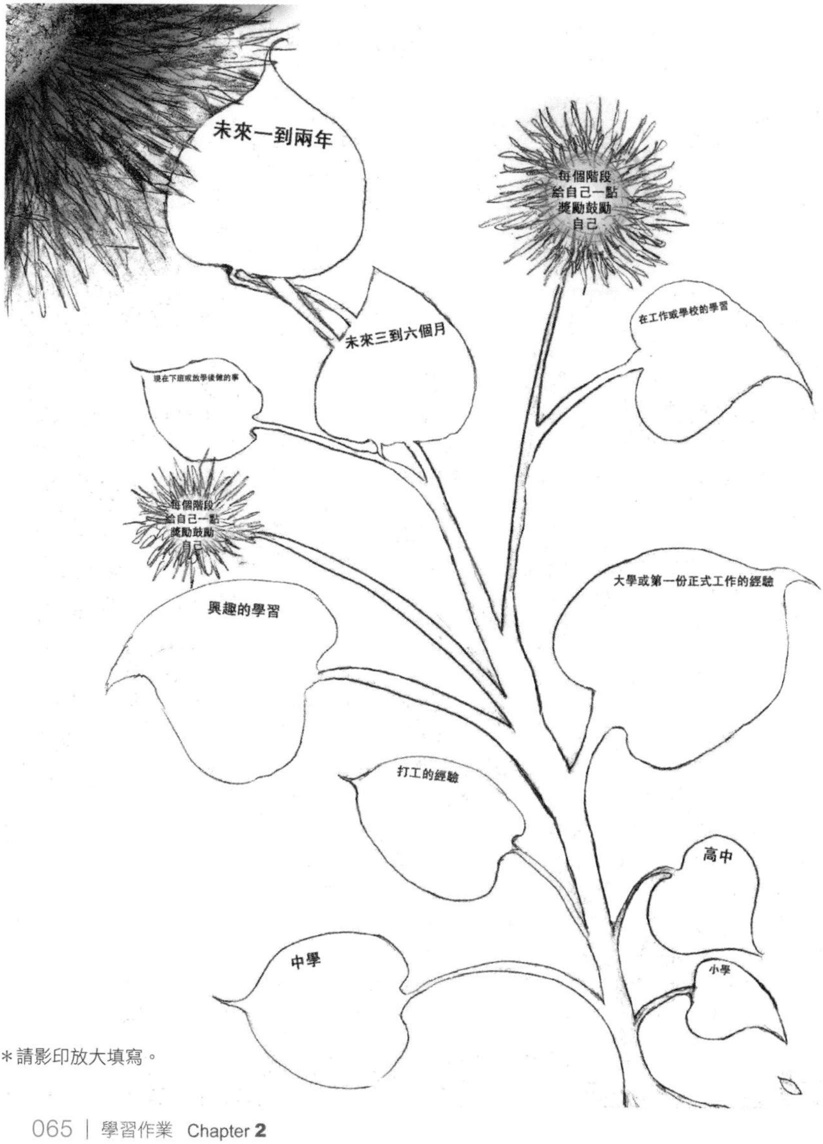

＊請影印放大填寫。

我們教室裡的年度萬聖節變裝會

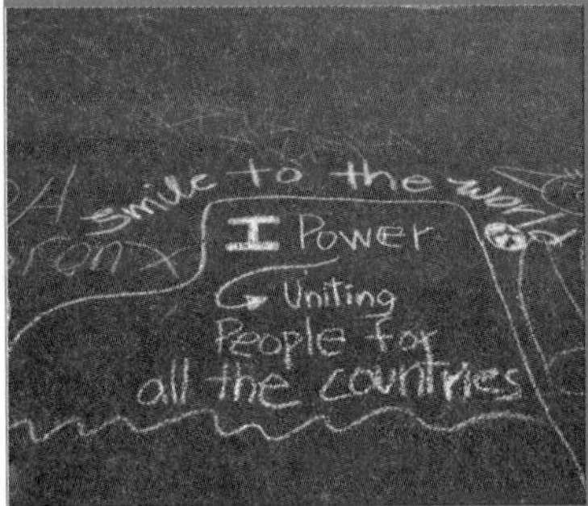

學生選擇在地球的一角留下我們的足跡

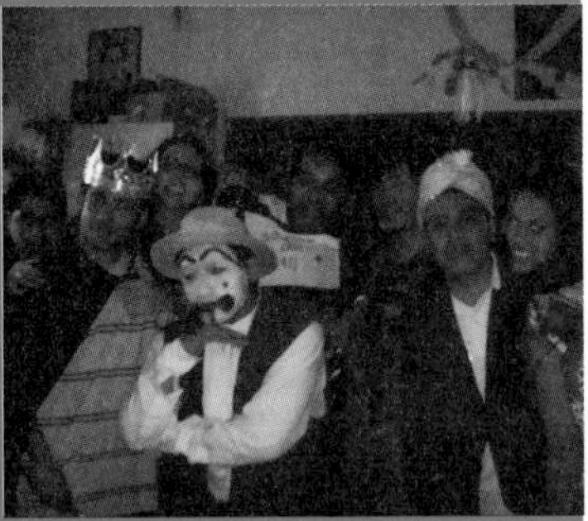

學生在變裝舞會結束後，會一起結伴參加紐約一年一度的萬聖節遊行。

筱薇老師的紐約教室 實況轉播

Chapter 3

學習法3：目標=帶領+追隨

學習者是一個獨立的個體，
學習者本身就是領導自己生命的人，
如果學習者把學習的使命交出去，
等於也放棄了領導自己生命的主導權。

Chapter03

目標=帶領+追隨

A wise man will make more opportunity than he finds.——Francis Bacon

明智的人創造機會勝過尋求機會。——弗朗西斯　培根

我只能當値日生

可能是因爲從小到大我從來沒有當過××長，所以對於班上選出來的班長還有風紀股長，只要加上一個「長」，就覺得他們特別威風，權力無限。像每天看新聞會報導的焦點總在總統或行政院長一樣，我嚮往能夠在班上當××長，但是我的成績總是吊車尾，功課也不按時交，根本與這些「掌權」的職位絕緣。

爲什麼我需要用××長來凸顯自己？爲什麼需要在班上有一個位置？

我從鳳山轉學到后里，轉學生的身分讓我很快意識到：「如果我要成爲班級的一分子，有什麼特質可以讓同學接納我？有什麼方法可以不讓同學討厭我？」

能夠被選上幹部的同學一定是成績優秀、秀外慧中、口才流利，具有領導力又有人緣，比起這些條件，我的頭髮常常東捲西翹，媽媽又幫我打薄，看起來很不安分，但是即使如此，在群體裡不管我表現如何，都希望自己能夠扮演一個角色，而這個唯一的角色就是——值日生。

過去在小學一個班上將近五、六十個同學，要輪到當值日生至少也要等上一個半月以上，當值日生要上台擦黑板，不用升旗，有時還會被老師問說今天的值日生是誰？幫忙到辦公室拿同學的作業，好像可以享有一日的特權……每一次輪到我的時候，前一天晚上我幾乎會興奮得睡不著，還會把到學校要做的事情在心中默默盤算一次，然後第二天早早到教室……滿心期待這一天。

樂於當值日生的心態，好像讓我跟××長一樣，平常我試著想要追隨班長還有風紀股長，因為如果老師注意到這些同學，也同樣應該會注意我才對。在這個青少年的成長階段，我需要尋找一份認同感。當值日生那一天我是有責任的，讓同學知道我也有了一個位置。

升上國中以後，英文上了一學期，老師要找出英文成績好的同學當英文小老師時，一開始我把「希望老師注意我」的這個心態當作一個學習動機，我加強小考、月考的英文成績，上課踴躍發言，回答同學無法回答的問題……雖然我的其他學科都不及格慘不忍睹，只有靠最高分的英文來拉抬平均分數，但老師似乎慢慢注意到我在英文上的成績，同學也很好奇，大家問我有沒有特別去補習或者參加什麼課輔班，沒有，完全沒有，我只是想讓老師注意我，在班上有歸屬感，因爲我也想像班長一樣，只要發號施令大家都一起做……

我依然什麼長都沒有當，除了每個月輪當值日生之外，我又被選上擔任英文小老師。在這個過程中，我不再是追隨者而是帶領者，這個心態與想法放在學習英文之中，讓我對這個學科變得主動、積極，因爲「英文小老師」的位置我被賦予了責任，我的責任是要讓全班的英文達到老師的要求，我也要有方向，讓有心想學英文的同學有參與感，而因爲帶領者的身分，讓我的目標變得更明確。**當你把目標定出來之後，你就會有動力，接下來就是執行力**。在班上跟同學互動也是我的目標，而我透過「英文小老師」，同學都是我的追隨者，我要比別人早一步懂，要注意老師的需求與方向，要在英文的成績中發揮我的領導技能，讓老師注意認同我……這在英文的說法是成爲「老師的寵物」，中文則說是「老師的愛將」。

不懂也是一種懂

當我們開始學英文會話時，老師會跟你很簡單的對話。

Is she a girl?　Is he a boy?

每次當老師這樣問的時候，我們的回答永遠就是Yes或No，我們沒有其他答案是I don’t know。結果變成不管問任何問題，即使聽不懂，我們已經變成習慣先回答Yes，發現聽不懂才說No。

我現在教學生時，不管他們聽不聽得懂，永遠先做的動作就是點頭，可是當我問他叫什麼名字他還是點頭時，我就發現他是聽不懂的。

難道我們已經習慣了每次回答別人的問題都先說Yes跟No嗎？

其實在當上英文小老師之後，我的回答也永遠都是Yes。

究竟是自尊心作祟，還是在這個帶領者的位置上的壓力？我發現其實我不懂但卻會假裝什麼都懂。我心裡想，連英文小老師都不會，那還有誰會呢？而且如果讓同學知道我不懂也很丟臉，所以變成什麼問題都難不倒我，而且懂不懂其實也不是那麼重要，問題怎麼來的？沒辦法解釋給同學聽，反正有正確答案，大家都很會背答案，只要背下來就有分數……在我的學習過程，一向以考試爲主，所以標準答案很重要，久而久之，不知道是我把自己催眠了，還是被自己說服了，我眞的以爲沒有我不懂的。

二分法的回答就是Yes與No。其實除了回答Yes與No之外，還有另外一個回答就是：我不懂，I don’t know。但是有誰教我們呢？我們從英文教科書的訓練上，What、When，所謂六個W，都是很後面才出現，而且當問What時，總是以意義爲主，而不是What’s the meaning of your name?，讓「人」的角色與個性凸顯出來。

當我開始主動找課外的東西學習時，我發現很多東西是我不懂的；當我開始針對同學的問題去找出答案時，已經不能像教科書上所教的單純做Yes與No的回答；我開始接觸外面補習班的會話班，發現我沒有辦法與人對話。回答Yes，對方會等著你繼續說下去，回答No，對話就停止了……

所以我必須有自己的腳本，可以回答：我不懂嗎？

這是一個教科書上從來沒有告訴我們可以回答的答案，於是我試著去想，我學的字彙雖然少，但我是有單字能力的，聽不懂對方的問題時，也許對方用的單字剛好不是我學到的，於是我的做法是請對方再說慢一點，或者就我猜測的意思反問他，因爲，我不懂。

而這個「我不懂」的回答，竟然可以讓對話繼續下去，甚至說「我不懂」反而可以讓我有更多的學習機會！

原來**「裝懂」這個心態其實已經把學習之門給關上了**，「知道怎麼做」跟「了解怎麼做」是有差距的，以前我懂是我知道怎麼回答，但很明顯我不懂那些回答是怎麼來的，我只是習慣去反應答案，我跟大家回答說Yes，我懂了！可是在那個問題點上我不會再去碰它，也不會再去想。

之後我進入社會在補習班工作，以至於在紐約教書，都會告訴學生，也告訴自己，我有很多事情是不懂的。**當我很清楚知道自己有很多不懂時，就是給自己有機會再去了解，再去學習**。而這個過程更讓我思考，如果我是一個帶領者，我希望能夠很勇敢說「我不知道、我在學習」，而如果我是一個追隨者，我想知道能夠從別人身上學習什麼？所以「不懂也是一種懂」，不管你是一個帶領者還是追隨者，成爲你設定目標非常重要的因素，因爲「不懂」是可以打開學習大門的關鍵點，**勇敢說「不懂」才是誠懇學習的第一步**。

二十分到六十分之路

現在我回想小學的上課經驗，因爲不寫作業、聽不懂老師上課的內容，老是吊車尾掛在全班倒數第二名，當時我不可能是老師的愛徒，比起全班第一名，別說疼愛與重視，這樣的我在群體之中是被歸類爲沒有什麼價値的學生，不要說老師放棄我，久了之後可能連自己都會冷落自己，漸漸在學習上有階級之分，在教育資源上有差別待遇。

我開始擔任英文小老師後，做的第一件事就是了解全班每個人的英文程度在哪裡？尤其是成績不好的同學，他們是不喜歡英文嗎？還是背單字很辛苦？他們是文法不了解嗎？還是發音不好呢？我這個小老師，要在學習者身上找方向和目標，但不是他們考二十分，我卻要求他們考一百分。現在**很多老師或帶領者往往會把自己的標準，決定成為追隨者的標準，這樣一來目標與方向就變成了「超高標準」了。**

我的目標是跟二十分的同學在一起，而不是跟我的分數在一起。

因爲要在一起，所以我必須了解我的二十分同學。

於是我開始做**家庭訪問**，我到二十分同學的家裡，知道她已經被留級過一次，領清寒補助才能上學，如果她這一次不能畢業再留級的話，父母親就不讓她繼續唸書了……在班上沒有一個人要跟她交朋友，也沒有人要坐她旁邊，學習上變得殘酷，她處的位置就是下下階級的位置，沒有任何學習上的優勢。雖然我的其他學科成績也不好，可是在她眼中，因爲我的英文好，所以我不是跟她同一階級的，我得到的利益多過她所得到的。

我想到媽媽「六十分就好」的標準哲學。

如果我的同學考二十分，而我卻把標準定在我自己考的九十八分，也許會讓同學覺得我很棒，也希望像我一樣；可是她從二十分要跳到九十八分，至少要有七十分的進步，這對她來說太難了，於是我對她說，如果下次月考能夠考到五十分，我們就有進步了。那麼她必須要懂多少才能達到五十分呢？對一個考九十八分的人來說，知道如何接近一百分，但如果二十分要接近五十分的話，我就必須知道二十分的她懂的是什麼？

我開始從九十八分慢慢去減少分數，這個單字拼錯、那個文法選錯、這個句子動詞有問題、那個單字用錯地方……慢慢扣到只剩下二十分的時候，我想，對，這就是我的分數，只要班上有人考二十分，即使我考九十八分，二十分才是我的分數！

她的單字量只記得五個，如果要進步，單字量要增加到五十個，如何讓她增加四十五個單字？我們開始每天早自習一起背單字，她考我，我考她。一起做一樣的事，也一起偷偷批評老師的教法，我們互相比較、互相督導。這樣的陪伴讀書慢慢變成習慣之後，同學懂得怎麼回答英文問題，也知道考試上應該變通的技巧，分數的進步反而是其次了，因爲我發現讓二十分同學在英文分數上能夠提升，能夠進步，是我這個小老師的責任，但**與其說為了幫助同學分數上的進步，其實我幫她建立了自信心**。非常沒有自信的她，在學校成績不好受到老師的體罰，回到家裡還要被父母親責備，跟我比起來，她所受到的責難是雙倍的，但是承受兩次處罰的她，英文不懂的地方還是不懂，成績一樣沒有進步。

可是當我跟她在一起，牽著她一起讀一遍，讓她自己感受體會一次之後，她進步的幅度就往前跨了一步。我們常常認爲改變一個人的行爲，要先去改變他的想法，於是我們往往用自己的想法來跟對方溝通，可是明明我們想改變的是對方的行爲，卻用彼此的想法繞圈圈溝通了很久，我的做法是**直接帶對方從頭到尾跟我做一遍，一起做完之後，對方的想法就會改變了**。

而這樣的方式，我從基層一步一步去找出她的學習盲點與困難，現在我同樣運用這個方式在我的教室裡，就是跟我的學生們「上山下海」。

一起上山下海

現在很多學生或上班族利用課後還有下班時間到補習班學習英文，過去我也一樣，到補習班繳費，如果學費是兩千元，我就希望可以得到兩千元的效果，如果沒有達到這個效果，不是我的錯，而是補習班沒有教好。

我現在上課的學生們，也會要求希望老師教這個教那個。但是我要強調的是：一個學習者是一個獨立的個體，學習者本身就是領導自己生命的人，**如果學習者把學習的使命交出去，等於也放棄了領導自己生命的主導權**。

所以我告訴學生，如果要進步我們大家都必須有責任。學生因爲怕犯錯常常回答一個問題讓我等很久，其實回答錯了最多也只是幽默大家而已，我對學生說因爲要等待你們的答案，我臉上的皺紋又多了好幾條……

我希望讓學生了解，學習就像泡茶，你們要泡出茶味，但不能讓茶葉浸泡在茶壺太久，你們有決定權不要讓我等待，也有義務不讓我等待。**在學習英文的路上，我們要一起上山，但我們不能迷路；我們要一起赴湯蹈火，但我們不能盲目；我們要一起下海，但我們要安全。**

有一回帶學生去植物園，老實說到紐約的第一個月，我已經到教室教書，對紐約的熟悉度僅限於學校跟回家的路上，所以我堅持一個月一次要跟學生一起去旅行了解紐約。

這次我安排到植物園。

對學生來說，我這個老師雖然不一定什麼都懂，但一定懂得比他們多，可是植物園我是連去都沒去過，當我帶著二、三十個學生搭乘紐約的地鐵，不妙的事情終於發生了。

紐約的地鐵不像台灣的捷運，坐過站直接換到對面月台再往回搭就可以了，在紐約錯過了下車的月台你可能要出站再買一次票，然後再進站換另一條線路，等於會浪費一次買票的錢……

我們大家提了大包小包帶了很多東西，加上人數眾多，結果在該下車的月台，我來不及叫大家下車，整團學生跟我一起坐過站，可是我們的經費根本不容許我們再買一次票，我聽見學生喊著，老師怎麼會不知道要下車啊？

幸好有好心的乘客告訴我可以在哪一站換車，當然這時只有我聽懂英文，我又記住了下車的站名，有了第一次錯過了下車的經驗，我想這次應該沒問題了，可是偏偏我還是又錯過了站，學生群裡又是沮喪又是騷動……於是我跟學生說，老師雖然比你們早到紐約六個月，但這段期間也都在學校教書哪裡都沒去過，所以如果我們要一起到達植物園的話，大家都有責任。

這時學生們紛紛「自力救濟」起來，他們跟我詢問了下車的站名，每個人分配數站，而我完全將自己交給學生，何時準備上車？何時準備下車？都由他們來討論與決定，這時學生知道，老師也跟他們一樣站在同一個地方，老師同樣也是一個學習者，我們要共同來解決問題。

在這次的經驗裡，我體驗學習，了解學生可以負擔多少責任？或是他們願意承擔多少責任？而透過上山下海的動機，學生了解我與他們一樣是平民百姓，我懂的事情並不比他們更多，因爲很多事情我不懂，我還在學習，也需要知道更多。我的學生都是新移民，來美國定居，我向他們解釋，很多人可以選擇是居民、公民或者是外籍勞工，我是工作應聘的外籍勞工，我讓學生了解每個人來到美國都有一個美國夢，而這個美國夢究竟是什麼？就是我們要一起學著上山下海去體驗。

社區語言學習：漫遊幫的生存術

我常常聽到台灣的學生中文夾雜著英文：

你有沒有「Cancer」掉！你「safe」了沒有？

但當你講成Cancel時，別人反而會認爲你講錯了。這是中文發音產生對英文的干擾，很多這種積非成是的例子。我甚至聽過當一群學生在討論要去哪裡玩的時候，我聽見台灣來的學生回答說：**I am going to** 酥格啷（蘇格蘭）……很多學生認爲地名、人名就把中文唸成二聲就是在說英文了。

我生命裡的第一堂國語課跟英文課就是學寫字與音標，因爲我對寫字的生疏，我的音標是聽出來的，每個音標代表一個獨立的聲音，我需要努力記住聲音，所以我需要一個符號幫助我能複習這個聲音，這是音標的產生。因爲要**努力記憶這個聲音就積極去找這些聲音存在的地方，發現了他們在字裡、詞裡、句子裡**。字的形成就是很多單獨的聲音在口鼻喉裡打轉，過度強調對單音的學習讓我們常常聽不出句子裡的字。

如果當你用中文的發音概念來口述英文時，聲音混淆了內容，也忽略了每個語言特有的性質，像重音節語氣等等，忽略了訓練口語需要由聽力訓練開始。

營造一個聽力訓練的環境，我先從入境再開始隨俗。

有時候我們的英文是由字典來告訴我們怎麼用，但實際上我們並不清楚眞正究竟應該怎麼用或是唸起來如何？強調**英文在我們生活四周**，尤其社會的現象更是我們學習英文的方向。我們前面提到講錯的字才是正確，而正確的字反而聽不懂，這也是社區語言造成的一個現象。

所以**我營造的教室就是一個小型的學習社區**。

我們就是在這個社區的漫遊幫。

所謂漫遊並不只是在Google上，我們在學校附近的街上漫遊。即使已經天天習慣的環境，也可以發現許多不同變化。

我自己常常會漫遊學校附近的商店，雖然不一定會買衣服，但我會主動跟店員交談聊天，告訴店員我是英文老師，越聊越愉快之後，繼續問下次希望可以帶學生過來逛逛，趁此機會讓學生可以練習英文。

有時候我會戴上學生打的毛線耳罩，或者衣服，因爲顏色特別，跟市面上的服裝很不一樣，引起店員的注意，我會很驕傲說是學生們自己做的，進一步談到可以在店裡面寄賣等等……不管漫遊到哪裡，我們都要用英文找到自己生存的方式，我的學生是新移民，我們的教室是非營利事業單位，每年靠捐款維持，如果今年捐款比較少，我們的經費就減少，所以我們在社區漫遊，在任何需要的生活條件上學習。

我也常帶學生到固定幾家餐廳吃飯，告訴學生可以怎麼找到便宜又好吃的餐廳，有一家走路要走二十分鐘左右的中國餐館，雖然走得比較遠，我們一去學生很有禮貌跟老闆打招呼，他們用英文跟老闆溝通越來越熟之後，學習用英文點菜，我們學習用最小的成本達到最大的快樂。

有一次在一家餐廳的玻璃窗口，坐了一排我的學生，因爲看到我的一個西非學生也像我之前一樣帶著幾個同學點了四菜一湯吃中國菜，當下我非常欣慰。知道漫遊幫在社區裡找到了生存的方式，當我們把語言架構的狀態慢慢放在社區裡的時候，**我們的漫遊學習要表現的就是生存術，就像我們的母語一樣，也是一種生存的語言**。肚子餓了、衣服破了，都要跟大人求救，所以當你怎麼用中文來生存，你就用這一套生存術來學第二個語言。

社區的交流內容作爲部分的教學主題，再找出學科裡必須要學的項目，規劃出一堂課，每堂課就有一定的字詞詞句需要先介紹，**聽力的訓練從教室到街角，對話的內容從書本到生活**，逐漸讓大家對字詞的說法有個基本的共識。

當一個新的學生來到教室，我開始觀察學生的性向、興趣，了解他們想學的是什麼，當他們說想學修電腦，我會抱著電腦到教室來，大家讀同樣一本修電腦的書，一起把電腦拆開之後然後一起組裝。

我們也會去撿路上破爛的腳踏車，負責把腳踏車修好然後給需要的學生帶回家。在學習互動當中，學生看見我非常**享受學習**，因爲我也想學修電腦跟腳踏車，**一個人學太孤單，不如跟學生一起學**，我先把所有相關的專有名詞一個一個查出來，每用到一次就讓學生跟我複誦一遍，這是我的教學樂趣，而這一切的樂趣都從老師這角色開始。

我常問學生：

「你要學什麼？」

「要學英文。」

「你學英文做什麼？」

「做軟體設計師。」

「做生意。」

「做客戶服務。」

……

所以如果你做軟體設計師，你要學的英文是軟體語言。你想做生意，你要學的是商業英文。這些各行各業的英文，我都沒有經驗，學習的人要告訴我軟體設計的產品、做生意要怎麼做。就像修理腳踏車一樣，當我把專有名詞一個一個查出來，我知道**我的學習是透過「我要生存下去」這一關而獲得的**，而如果你的學習沒有用來當作生存的方式，你就是沒有經驗，那麼你能不能用你的學歷在這個社會生存下去呢？

漫遊幫的良性競爭

在我的教室裡，不管你學什麼，大家都是可以互相支持的。不管你學什麼，學習是互動的接觸。不管你學什麼，動力跟方向是主導，是一個健康的競爭環境，不是惡性競爭的。

我曾經說過，我放棄競爭才有童年。那是因爲我過去的學習是沒有動力跟方向，屬於惡性競爭，當我自己沒有能力，自然無法去跟別人競爭。

在我的班上有三個十五歲的青少年，他們三個人的感情很要好，可是也常常處於競爭的狀態，我也擔心他們的好強會造成教室裡的不融洽，我看得出來他們每個人都想比對方做得更好，當我們在進行一些競賽性的學習時，他們每個人都想得到我的讚美。有一次當另外兩個人表演結束，大家都拍手鼓掌叫好時，先前已經表演過的另外一個也想要挑戰一下，即使他之前已經表演得很好，也獲得很多掌聲，我告訴他們每天我都會給大家新的機會，讓每個人能夠看得到自己學習了多少？還需要在哪裡加強？除了掌聲之外，同學也要分享觀察後的心得。

在這個小型的學習社區裡，**我讓學生有主動性，是用自我激勵的心態而不是競爭**。

就好像有一次我回台灣看見街角賣水煎包，可是隔兩天卻出現第二攤賣水煎包，第三天又來第三攤賣水煎包，三家同樣都賣水煎包……看起來好像消費者的選擇變多了，可是我並不覺得我的選擇變多，假設我買了第一家，但因爲第二家的出現，讓第一家很快陣亡收攤了，要是第一家好吃的話我就沒有機會再去買了……所以這條街上的水煎包生意是惡性競爭。

當我在秘魯一個偏遠村莊Usquil探訪時，面對資源欠缺的學校，我開始對「每個兒童一台電腦」（OLPC）的組織有些認識，他們研發一百美元電腦，以教育爲前提，聯合科技發展經濟資源的創新思考，匯集各國的資本家、科學家及科技產業，開發了這個產品，以百元美金的低價格提供高品質的兒童學習專用電腦，以科技來擴展學習空間以及教育資源分享。儘管是非營利機構的策劃，仍需要在自由競爭的市場角逐，不停的研究開發一個能夠跟其營業理念相符合的產品，台灣一直以電腦代工爲主的廣達電腦是主要的協力廠商，我很希望台灣生產的百元電腦也可以幫我踏上秘魯的高山上。

在英文的學習上也是如此，我們要去發展自己懂的部分，**使自己懂的部分成為存在的本錢，競爭是進步的動力**。

漫遊幫的轉變

在我第一年來到紐約教書時，有個學生讓我印象非常深刻，現在她已經是數學老師了。這次我在紐約時報領獎的時候，她也是學生代表之一，寫了一篇致詞唸給在場的人士聽。

我記得她剛來到美國的時候，一句英文也不懂，本來是從福州到台灣，後來在台灣的林森北路一家商職唸美容科，她不知道來美國做什麼，但在班上我察覺到雖然她嬌小玲瓏，旁邊跟著她進進出出的同學還不少，另外一方面她說話與溝通的方式會讓人信服，以及她很主動關心周遭的同學，我就把她當班長一樣，處理班上的聯絡事宜。

慢慢她就表達想當老師的念頭，我對她的方法是先幫助她找到語言交換，讓不會講中文的同事可以跟她學習中文交換英文，我製造對等的學習需要，我們在學校開設語言補習班，從在網路上招生，課程設計，語言教學，我們一路學習。

她知道自己的成績要保持一定的程度才可以進入大學，但她還要到華人社區去幫人做指甲，來到美國的新移民，往往男生到餐廳打工，女生就是幫人做指甲、做頭髮美容。我跟她的父母談，希望把時間重新分配讓她可以讀書，一開始我們講中文，但只要我教過的單字我就講英文，一年之後她已經百分之八十可以用英文跟我溝通了。有時候我們常常一起哭，她經歷很多辛苦的過程，自己一個人咬牙撐過來，她來到我的教室，而我把她送上紐約生活的大舞台，讓她發揮專長，展現她自己。

另一個學生目前已經進入商學院就讀，當她進我的教室時，我知道她要負責賺錢養家，有好幾天看她沒來上課，同學告知我，她被媽媽送到酒店去打工，我打電話請她一定要來見見我，一看見她我的眼淚就掉不停……當時真的很想報警，我不能了解天底下竟然有那樣的母親，但我很難過……老師的社會責任是什麼？就是在這裡，有學生無法到教室來學習，老師就有責任讓學生可以安心上課……她看見我說，老師，我會堅持下去的……我知道如果有需要可以隨時去找妳……她才十八歲，我聽了哭得更慘，但我明白，讓她知道能夠來找我這件事非常非常重要……

我要讓學生知道他們已經可以有機會用英文去找工作，我要讓他們明白在危機的時候要讓英文發揮它的功用，所以這個學生可以先用英文教其他新移民的小學生英文，接著繼續到學校來，如今她已經順利進入商學院，再用商學院的資歷找到財經相關的工作，如此便可以脫離酒店的工作，也可負擔家中的經濟……有一年生日她寄了一張卡片給我寫道：老師，如果不是來到美國的第一天就碰到妳，我可能不會唸書而在酒店工作了……

我有時想，如果我學了那麼多教育理論，卻無法讓他們的人生經營下去，我唸那些東西又有什麼用？如果對我的學生一點幫助都沒有，我又要如何替他們找出一條活路？

在教室裡有些學生還聽不懂我的課，但會聽到A學生翻譯給B學生聽，然後他們再用破破的英文講給我聽，即使這樣，我想如果他們的**英文每天少破一點，每天破的洞可以多補起來一**

點，同舟共濟就是力量，而這個經驗會讓他們對自己的未來更有信心。

漫遊，沒有停止的一天

我回台灣時，也在進行漫遊。

我喜歡在台灣熱鬧的文化裡環島，有一回我帶著一個德國朋友從南橫前往花蓮，當時想去拜訪一個住在花蓮的藝術家朋友，可是我卻沒有地址跟電話，看在我德國朋友的眼中一定覺得不可思議，沒辦法天色已經晚了，我們必須找住的地方，可是我們的費用有限，這時有個出家人告訴我們附近有間佛教的育幼院，可以提供給香客住宿，很幸運我們可以借住兩天，育幼院的一個老師問我是否可以教裡面一個菲律賓小朋友英文？我說當然沒問題，原來這個小朋友父母親都是菲律賓人，可是卻不幸出車禍過世了，現在育幼院希望可以幫他拿到身分證，小朋友覺得想要學英文知道父母親的語言。

當一個**教育工作者需要診斷學生的學習動機**，如同我在英文小老師的階段對我同學做的家庭訪問一樣，我必須從基層去感受對方的想法，而我在這兩天的漫遊中，也沒有停止當老師，如果我可以做些什麼，不管我在哪裡我都會去做。幾年後我再回台灣時偶然的機會聽到新聞報導有一個菲律賓的小孩終於拿到身分證……

在教室我讓學生知道，透過漫遊可以在教室漫遊全世界，當我們在Google搜尋，今天可以去夏威夷，明天可以去科威特，我們其實可以創造很多機會，學習到新的東西。

漫遊，可以從社區學習跨到全世界的學習。

漫遊，就是要成為國際居民的一分子，而如果你是國際居民的一分子，你就必須了解全世界都存在的問題，勞工、環保、教育、人權……如果你都不了解、不關心，學英文有什麼用？你的語言再好，你還是一個冷漠的人；**你的英文再流利，你的愛卻很少很少……**

漫遊幫也許沒有錢，但可以創造時尚；漫遊幫也許沒有資源，但可以發揮手工生存術；漫遊幫拿出自己的熱情跟著世界脈動去走，**不管你講哪一國語言，因為你的關注，全世界的人都可以跟你對話**。

永遠不變的目標：終身學習

我爲自己的人生做了很多「研究發展」。

一般人會說觀光或旅行，但我的說法是我到不同國家做「研究發展」。當我去希臘躺在海邊，我是花時間去休息與思考接下來我的下一步要做什麼？當週休二日我在家休假，那是我最珍貴的時間，因爲在休假當中的「研究發展」關係到我下個星期下個月的計畫是什麼？

我的生涯規劃就是要去努力經營我的日子，也就是**終身學習**。

我十八、九歲到英國唸書，算一算已經離開台灣二十年了，在這許多時間裡我都跟自己相處在一起，每一次的決定，沒有人可以給我意見，我必須要告訴自己這樣的決定是對還是錯？所以朋友問我，爲什麼每次問一個問題，我的回答是：讓「我們」回去想一想，「我們」一起想一想……明明就是一個人，請問「我們」到底是誰？

是的，就算我只是一個人，也是很有後盾的，這「我們」就包括——I Myself and Me……

所以**「我們」要常常「研究發展」自己的下一步**。

當你的學習領域觸角越廣泛，你學習語言的變化就越多。我在英國學花草學，因爲當我自己感冒時能夠透過一些藥方來自癒，可是當我打開花草學課本，馬上發現一個字都看不懂，即使查到了中文也不懂。

我記得在英國唸書我的報告裡「人類學」和「人智學」這兩個字非常接近，但我的指導老師卻認爲我把字拼錯了。從這個經驗讓我了解，每個人無法完全知道所有的事情，**在教學上我常常警惕自己不可以馬上否定學生，如果我馬上否定學生，我就減少一個機會去了解學生的背**

景來源。我的學生來自全世界各地，經驗是南轅北轍，透過他們我可以認識世界。

有一次全班去爬山，一個葉門來的學生問我，猴子在哪裡？我馬上大笑以爲他在說笑話，他很正經的告訴我在他的家鄉，上山是需要帶槍的，因爲猴子滿山都是會攻擊人的。另一個墨西哥來的學生問我，有沒有吃過樹根？我以爲又是一個笑話，我笑笑說樹根可能很硬吧，他說他從墨西哥走到美國邊境花了一個月，沒有東西吃的時候就只能吃樹根。還記得他們剛走進教室倉皇的拼湊句子的樣子，現在跟我從容的敘述他們的來由，他們原諒我的失禮，耐心的等我學習了解他們，在這些互動中，就有了屬於我們這個小社區的學習，從文字到感受，這些學生漸漸的在我們營造的環境裡有了歸屬。

終身學習是我人生永遠的目標，在這個終極目標下，我可能是帶領者，讓沒有目標的學生、成長坎坷的學生減少對這個新地方的茫然，可以透過我的教學方式和學習觀念與方法找到自己的目標；我也是追隨者，生活周遭，寬廣世界，來自教室的每一個學生、每一個背後故事，都是我要追隨學習的對象。

Chapter 3
學習作業

主題1：腦力激盪

筱薇老師說明：

腦力激盪是一個創造性的思維方式，挑戰慣性的思考模式，將抽象的概念透過腦力激盪的過程，用創意思考來解決問題。

面對學習瓶頸，使用腦力激盪的圖形組織圖，思考解決的步驟，從大問題到小步驟分析給自己看。這是一個蜘蛛網狀的思維組織圖，我把我過去遇到學習瓶頸的其中一個方法填入，剩下的部分由你來開創了！

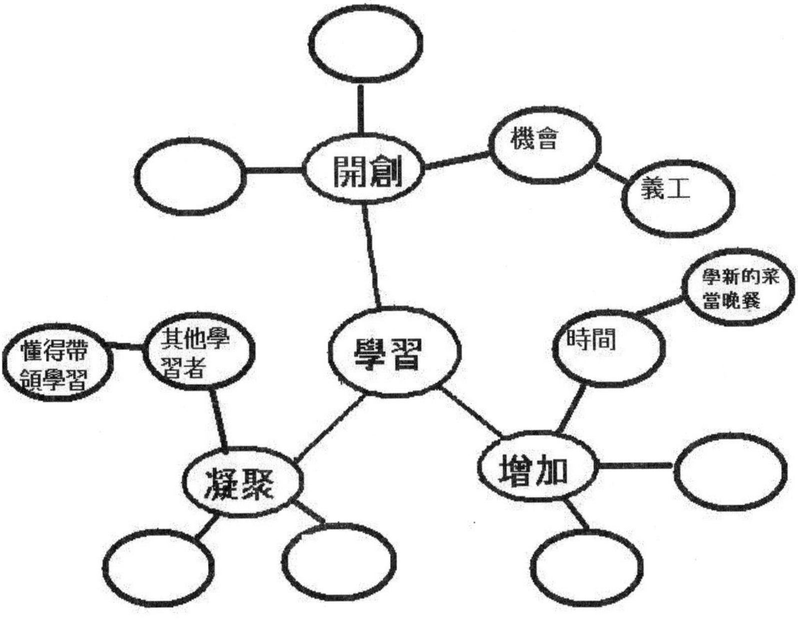

＊可影印放大填寫。

主題2：諾亞方舟（Noah's Art）

筱薇老師說明：

以前上英文課的時候，一直以為助動詞只是一群裝飾用的詞彙，可以讓句子長一點。但後來慢慢發現助動詞的存在，讓文句有點石成金的功能，可以用來強調是非對錯，發揮對表達意念的強烈度。

助動詞是一種動力，我用助動詞發揮創造來處理問題，了解到問題的解決都在於行動，對自己先定位、下決心、定目標、說些狠話，了解到這些行動力在為下一個行動目標打基礎，像個漩渦一樣，影響範圍慢慢擴大，知識也隨著層層的漩渦增長。

聖經故事諾亞方舟上載滿了矯捷、穩重的動物，一寸一寸移動的蝸牛也上了方舟。我與社會的關係跟方舟上的動物一樣，有延續自然跟生命的責任，了解自己的長處，給自己一個定位，像一個工作職位一樣，按步驟解決問題、自我賦予責任、處理人際關係。雖然步伐小，但往自己的方向前行，每一次旋狀思考，都推動下一個波浪。

示範：

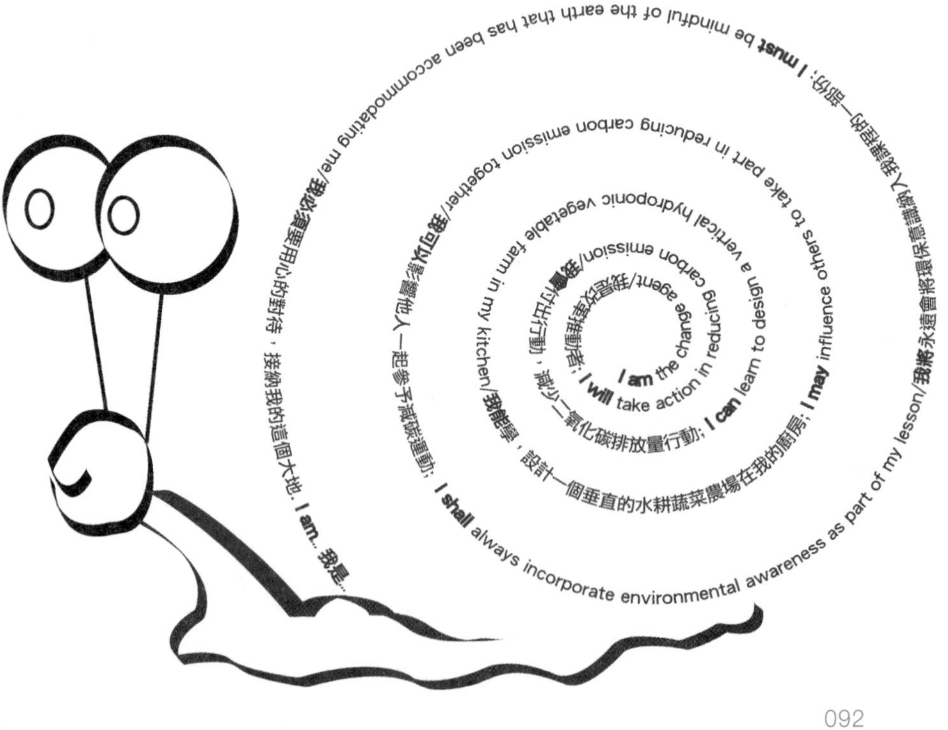

▶ 學習作業：

在英文學習上，用助動詞來主導思考、行動、感受以及觀察的句子，找出自己的社會責任。設定在短時間可以做得到的目標，在六個項目都完成之後再延長這個漩渦。填入空格處，中英文皆可。

1. I am（我是）
2. I will（我會）
3. I can（我能）
4. I may（我可以）
5. I shall（我將）
6. I must（我必須）

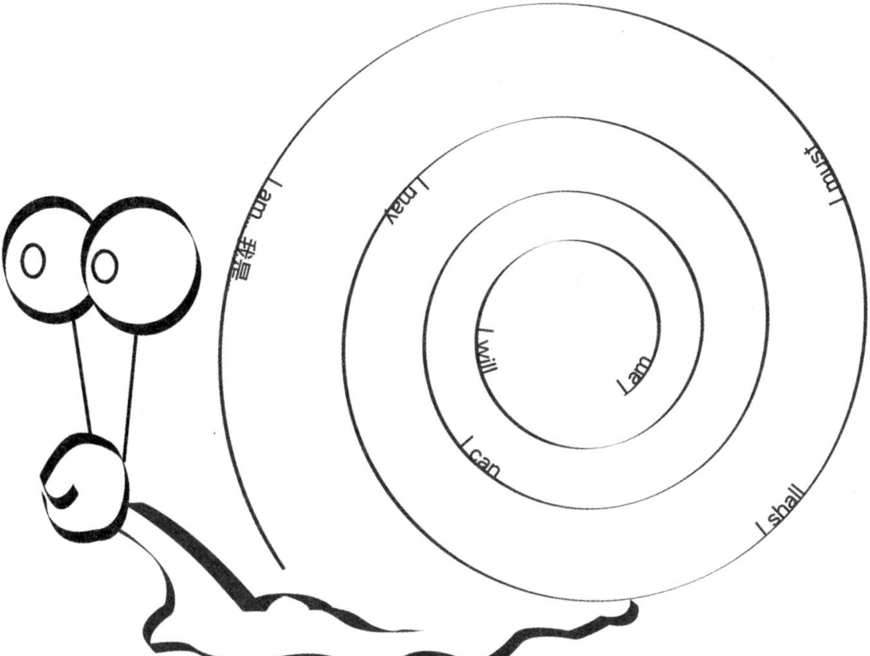

＊可影印放大填寫。

生日這一天，學生秘密策劃了這場生日party，讓我意外驚喜。

好像是要去祕魯那一次，學生送給我數位相框，並且拍了照給我，這個男同學擺出正在想念我的樣子。

學生將想念我的文字寫在大海報上，他們要我帶著這些想念去旅行。

筱薇老師的紐約教室 實況轉播

Chapter 4

學習法4:競爭力=群體+自我

一個人的競爭力並不是由成績的高低來決定，
而是由你是否有生存能力考驗出來的。

Chapter04

競爭力=群體+自我

While most are dreaming of success, winners wake-up and work hard to achieve it. ——Author Unknown

大多數人都在做成功的美夢，贏的人都是從夢裡清醒，努力去達成。——無名氏

分數代表競爭力嗎？

我們的作文課經常會有這樣的題目：

你的夢想是什麼？

你將來想要成爲什麼？

從小學來到青少年階段，我們對自己的興趣與夢想是否更清楚了一點？是否會進一步去想自己將來要靠什麼維生？或者想想自己存在的本錢是什麼？想到最後，我們對於未來的成功與失敗，總會用成績的好壞與高低來決定。

在國中階段我們學校有四個升學班，六個就業班。我的成績一向維持在升學班的末尾，在競爭的群體裡勉強被列爲中段班，但是我也跟就業班的同學很要好。通常就業班以「放牛班」來形容，這個

詞總是讓我覺得刺耳，學習的過程裡，放牛班以家政、體育、不用留校自修爲主，學校採取放任的態度，自己能到什麼程度由自己決定，畢業旅行睡的是通鋪，有同學因爲這樣還抱在一起哭；而前段升學班幾乎都參加補習，畢業旅行只有他們可以住房間……這樣的差別待遇，處於青少年時期的我，會認爲在群體中個人的價值常由制度與分數來決定。

如果你的分數高、成績名列前茅，你就是有競爭力，對你栽培更多。

當時的我，每天面對課業雖時時感到有競爭的壓力，但我並沒有求勝的心態。我不一定要贏過誰，或者一定要考多少分，或者要汲汲營營角逐什麼，我擁有一種自由，仍然每天跟要好同學一起吃喝遊山玩水，到同學家做家庭訪問。

接近聯考的時候，每天要到學校自修唸書，這時發生了一件事。

有女生在廁所尖叫昏倒被發現！同學私下互相告誡說廁所有色狼！所以每次上廁所時，我們都要幾個人結伴而行才安全。我當時想，我們拚命唸書，雖然我們有能力處理數學、英文的問題，可是我們面對色狼的問題卻沒有能力解決，無法解決的話我們的學習有效嗎？老師說色狼是心理上有偏差所造成的，但我們依然心懷恐懼，處在潛在危險的唸書環境中，這時如果按照分數高低的邏輯，誰的成績第一名，他就可以把色狼趕出去嗎？或者說功課好就代表勇敢？成績不好就是膽小鬼？

之後我到台北參加聯考，對我來說好像一場嘉年華會，家人陪我早早起床，每堂考試結束，就有人送上茶水、幫你搧涼，中午考完還去吃一頓好吃的……非常有趣的經驗，我跟著全國的學生一起做同一件事。

當聯考告一段落，我是拿高中考試的分數登記職業學校，以當時的分數算是金甌商職的前幾名高分，當時的心態有一種「榮耀感」，雖然是私立高職，但我在英文上的加重計分，所有的私立學校都可以讓我選擇，一下子我好像跳上前段班的階級，對當時的我來說，我進入人生另一個競爭階段。

此時的競爭力變成技術上的認證。中英打的分數、會計統計的訓練，沒有升大學的壓力。在學校我除了被派去參加中文朗讀演講比賽，連英文朗讀演講也全都一起包辦了。我記得英文比賽通常都是把教科書的文章背一背就上台，但中文演講比賽的稿子是找作文寫得好的同學來寫，很像流行歌曲有作詞作曲演唱，有時是由不同名人進行，大家跨刀增加知名度。

寫好的稿子，有同學幫我計時量時間，有同學幫我看稿背得正不正確？哪裡語氣需要加強？哪裡又需要手勢動作？她們坐在最後一排看我練習。本來是我一個人上台演講，現在增加了三、四個人一起來參與跟分享。我感覺到這種競爭力是群體的力量，同學彼此會有歸屬感，同為戰友。

在第三章說過，競爭絕對不能落入惡性競爭，競爭是要健康、良性。在班上大家年紀相仿，一定會互相比較，暗自較量，一不小心便拚得你死我活，我在日後的教學裡針對青少年的方向，總是想起自己的青少年階段，在群體之中，表現自我的競爭力與實力的差別在哪裡？

十六歲進行環島市場調查

競爭力是在書桌上擺滿堆高的書，書有多高就有多少競爭力？

競爭力是學習一個新事物，只要讀了相關的書，就什麼都學會了？

是這樣嗎？

競爭力對我來說，是要先了解現在的我有多少實力？**如果我要在這裡生存，我必須了解自己和這塊土地的生態。**

十六歲的時候我環島台灣兩次。

有一次我坐著慢車一個人去台南孔廟，如果你問我去孔廟做什麼？老實說我也答不上來，不知道爲什麼選擇孔廟？可是就算是坐車到那裡去發呆，看遍了孔廟每個展示的解說，然後又坐車回台北，我都會認爲自己多了一個視野與角度看我生活的土地。

我會召集常常在一起的幾個狐群狗黨六、七個人，告訴她們，我們要去一個新的地方才可以學習新的東西，每個人把想去的地方寫在紙條上，然後放風吹，誰的紙條吹得最遠就是我們要去的地方……同學都怪我作弊，很奇怪，每次吹最遠的就是我的紙條……在這個出走的小組裡，每個人像課外學習一樣，去分工、去準備，這才是學習的重點，因爲很多東西我們了解，但卻不知道如何使用。

我會照著農曆記載的時節活動來安排環島的行程，如果上面寫在高雄岡山有市集，我覺得有趣便會開始策劃，可是岡山不是到了高雄就到了，還要再搭車，但搭什麼車呢？於是按著地圖去找，卻發現書上的資料是錯的……那一段時間台灣田野調查非常蓬勃盛行，這方面的書籍資料也陸續出版，只要有興趣買書來研究可以增加許多知識；可是當你進一步按著書上所寫的，到現場實地走一趟，其實很多狀況跟書上寫的不一樣……從這個經驗，我也會懷疑，那麼在課堂上的教科書，是否也是錯的？多了這一層涉獵，我的競爭力就產生了。

我們的課程與學科從來沒有發展對周遭生活的觀察與體驗。我們從青少年階段的競爭期，便以分數來判斷生活上的應變能力，但實際上，**一個人的競爭力並不是由成績的高低來決定，**

而是由你是否有生存能力考驗出來的。

被撕掉的履歷表

我高職畢業後一方面在補習班補習考大學，一方面去天母應徵一所雙語幼稚園的助教，當面試我的主任問我何時可上班時，我回答必須先看看補習班的課程時間然後再答覆，他沒有多說什麼便表示會再通知我，當我站起來準備離開，一回頭發現他將我的履歷表撕掉丟進垃圾桶……當時我完全呆掉不知如何反應，但是過了十分鐘之後我突然感到非常生氣，我想我是那麼沒有實力的人嗎？

金甌商職畢業，我能找到什麼工作呢？我不能擔任教職，但我擔任語言補習班的櫃檯應該可以吧？當別人把我的履歷表撕了之後，我懷疑難道自己連當助教也沒有資格嗎？

當時我跟一群大學生分租房子，他們參加學運，每天在宿舍睡到自然醒，醒了之後帶狗去打排球，我一邊工作一邊在補習考大學，遇到抗爭還有獨立思考這種層面問題時，他們會替我決定幫我思考，因爲他們認爲高職生不懂什麼叫主見，只要靠他們就好……我不懂爲什麼會給人這種感覺，可是這些人在房子裡打麻將、講政治大道理時，過年大家回家，照顧流浪狗的工作還是落到我身上，並沒有人幫我分攤……我要相信他們能幫我做決定嗎？持續六個月之後，我發現我想爭一口氣，並不是因爲他們是大學生，我是高職生這種學力上的不平等，而是對待人的不平等，我不希望自己沒有平等的起跑點，如果是因爲學歷的關係，那我要把學歷放在同一個高度上；如果我不進大學就表示沒有思考能力，那麼我要考進大學轉型。

如果在后里不進高中一樣可以生存。來了台北，高職唸了三年不進大學就無法競爭。

當我一個人到英國開始找學校起初非常恐慌，走比別人更多的路，找學校找到荒郊野外去，足跡遍佈英國，我發現自己擔心的不是沒有競爭力而是沒有實力，因爲沒有標準可以拿捏我的生存技能。在陌生的環境，之前在學校學習的中英打、會計統計，一點也派不上用場……又緊張又毫無頭緒，可是後來我想，在台灣十六歲我就隻身到處亂跑，來到英國情況不也是一樣嗎？在台灣我能，爲什麼在英國不能？

我找到學校，初步的實力通過鑑定。但是**如果方向太好高鶩遠，信心會越來越少**。我把喜歡的科系全部列出來，不在乎學校在哪裡，即使荒郊野外我都去，因爲如果這個科系我很喜歡，**樂趣會讓我變得很有動力來累積實力**。

我們從青少年階段就處在這個競爭市場，我想要競爭，當我把自己丟進任何大環境，只要我的實力不斷進步，我就能生存。

適應，是一種屈服

多年後，我回到國中母校的講台上，對著台下兩三百個學生演講。

這個禮堂跟我當時在台上英文演講比賽時沒有多少改變，同樣的椅子、同樣的窗、同樣的燈光、同樣的老師在學生之間巡邏，要大家坐好……我對著麥克風，穿著洋裝，站在講台上，有一種非常異樣的感受。

二十幾年前的演講比賽中，我是上台競爭的人，老師是台下打分數的人。

二十幾年後回母校演講中，我是回饋者，而不是來比賽的，老師是台下維持秩序的人，我不需要在乎分數與名次，但我仍然還在學習，從參賽者到分享者的轉變，我的視野變得不一樣了。

對於現在成爲分享者的我有著參賽者的雀躍，很希望可以拿著麥克風跑下台，直接跟學生互動，一起解決學習上的困難，我在紐約的教室裡打破空間的概念，有時站在桌子上，有時躺在地上跟學生說話。因爲如果老師只在台上講，台下聽這場演講的學生很自然把他們思考的空間交出來，自己反而不思考了。

但現在我只能站在台上，我很清楚台下的學生並沒有專心聽我說話，我不斷聽見旁邊的監督老師喊著，坐直！坐直！現在正處於競爭者的一百多名國中的學弟妹們，對於分數還有成績，對於自己的夢想與實力，仍然處於在群體中要找尋認同自我的階段。

在母校的演講結束之後，準備搭車到台中豐原，當我在車站前悠閒東晃西晃時，有個穿后里國中制服的女學生過來叫了我，她剛剛聽了我的演講，也問了很多問題，本來我以爲沒有人聽的一場演講，當這個小學妹叫我學姐時，我們變成站在同一個位置上了。

我在二十幾年後再度回到學校的講台上，我想到在高中雖然年年都參加英文演講比賽，但是卻從來沒有得過名，甚至最後一年我卯足了全力還讓家人陪我到半夜聽我講了十次以上，心裡想沒有拿第一名至少也要拿個第三名，課後還請補習班的老師協助修改講稿內容，認眞與盡心盡力的態度大概無人可比，可是偏偏我在台上講，台下老師也沒有聽，當我知道又沒有得名時，一見到對我最好的高二英文老師就忍不住哭了……高二高三的老師都過來讚美我講得很好……

連續三年我年年參加，卻年年沒有得名。競爭力如果擺在得名的成敗上，我是沒有競爭力的，如果我習慣自己是個失敗者、是個不會讀書的人、是個壞孩子，沒有未來沒有希望，那麼久而久之在群體之中，我就會屈服，無法展現自我。一旦我去適應與接受自己就是一個沒有競爭力的人，今天，我就不會相隔二十幾年又回到同樣的講台上。

當我走到一個死角，當我沒辦法轉彎，可不可能是因為這個舞台太窄了，我並不是妥協而是換另外一個戰場？如果我尊重的對象對我的演出表現肯定，那麼他們給我的肯定就眞的是肯定了。

回想從英國回台灣的一次經驗，我把在英國的就學資料影印備份，希望對於找工作有幫助，我到補習班面試英文老師，把影印的資料交給面試的主管，當我跟她面談時，這位主管當著我的面，打電話給她的朋友確認是否眞的有影印備份上的學校時，我馬上知道我必須再度重新調整我的方向，而不是花時間感受挫折。

接著我到以外籍老師爲主的語言中心應徵，外籍主管問了我很多關於語言教學的問題，面談結束他問我何時可上班？是否需要幫我申請工作證？馬上我有了工作，在這兩個不同的面談過程裡，一個主管忙著用學歷來鑑定實力，另一個主管用經驗來探測實力……在這個過程裡，我在意的不是差別待遇，而是台灣的就業市場裡充斥著看不懂實力的主管！

行為主義：褲裙是裙子

過去我們上過音樂課、體操課、排球課、鋼琴課……當你在上這些課程之前，你如果馬上反映，這些課我都不喜歡，所以也不想會，我不會唱歌、不會跳舞、不會體育……你的學習過程就是一片空白，雖然你的人在那裡，但是你忙著在想怎樣能夠不參與。

在英國我唸的項目是小學教育，每個老師都需要會畫畫、唱遊、體育，每個科目都要懂一些，但每個老師也都有一個主修的科目，我的主修雖然是教育，但數學英文科學音樂都是必修科，**我不能說沒有興趣就不去碰，我必須要參與。**

其中我是班上唯一會彈鋼琴的，而且是僅僅上過兩堂鋼琴課，後來是自己自修學會的。

小時候家裡會出現鋼琴，完全是大人之間互相比較而來的，每個父母親當孩子處於青春期時，其實他們同樣也處於青春期，我們家的鋼琴買來擺在家裡，變成家中的固定家具，每次客人來會要求說彈來聽聽。花錢學彈鋼琴變成必要的開銷，這時大人才會發現，花一筆錢買樂器，其實之後的學習更是要花錢……

不過鋼琴課上了兩堂之後，我把豆芽菜當作另一種語言來學習，放鋼琴的樂曲錄音帶來找音階，我明白只要長這樣就代表那樣的意思，就好像英文一樣，譬如說畫一個蘋果的圖像，傳遞的就是apple，可是學習過程裡也不能一直找蘋果來看，所以創造了一個字apple來告訴你，而面對豆芽菜音符也是同樣的道理。

「發現」就是了解的初步行為，就已經讓自己產生知的能力，我不是直接被教，我是間接

被教。這裡有三個層面：傳授的、聯想觀察的，以及環境營造與運用的，造成你的知識來源，而不管哪一個層面都是從「發現」開始，你有聽、有觀察，就是有行爲行動力。

我在英國教國小一年級的班，有一個小孩從幼稚園就遲到了兩年，升了一年級還是遲到，常常到教室的時候頭髮還是剛從床上跳下來的樣子，別的老師一點辦法都沒有，輪到我時已經換了七個老師了，我是第八個。這個學校是全英國房價最低廉，犯罪率高的地區，來自這個區域的新移民便會被說是治安敗壞的主要原因……班上三十個學生父母來自十幾個不同的國度，這個棘手的班也間接的被標上新移民學生很難教的標籤，我接手一個月之後，這個學生一整年裡準時上學……其他老師很好奇我用了什麼方法，讓這個小孩不遲到？

我不認爲學生的遲到是蓄意的。遲到的小孩，因爲父母習慣性的晚睡，讓他不想早睡，所以行爲的改變需要靠著群體讓改變發生，父母需要營造一個可以讓他早睡的情緒，我讓孩子給父母獎勵，父母可以安排他做靜態的家事，如果他們有讓他在九點鐘上床；並且另一方面讓孩子知道，準時來學校就不會錯過我們獎勵的時間，讓他以對父母的督促爲標竿。因此我先改變的不是小孩的行爲，而是小孩背後父母的行爲。

我記得有個葡萄牙小朋友才七歲，其他老師擔心他會做壞事，於是把他叫到走廊要他把食指放在嘴巴上以不能說話的樣子來罰站，當我問了之後，才發現他什麼事都沒做，老師因爲避免他做壞事就先處罰他……

之後每天中午我帶他到我的辦公室一起吃飯，了解這個孩子的家庭裡一大群兄弟姊妹，所以每次吃飯要先吼先搶才有飯吃，中午他跟我一起吃飯大家都有一份，不需要用搶用奪的，自然他的行爲就改變了。

在紐約的一個學生，二十一歲，我們一起去參加一項活動當義工，我發現他的嘴角瘀青，一問之下，他告訴我被爸爸揍……我在心裡大罵這個暴力的父親，心想在教室裡都是我的寶貝，回到家卻被親人當出氣筒……他解釋第一個反應是想回打，但馬上他看到的是年邁的爸爸，爲了不讓媽媽還有妹妹傷心，他就躲爸爸的拳頭，他知道爸爸對他有所誤會，他跟爸爸道歉，等氣消了他們把誤會釐清了……

從這個學生的行爲我檢討，我有沒有教給他們足夠的武器去面對生活的對與錯？他做了一個我希望他做的決定，但這是最正確的決定嗎？我跟學生一起讀了一些家庭暴力的例子，我們討論了美國對家暴的法律定論，希望他回去告訴爸爸不能用暴力來當作家法。

我要教的就是這些「當下的決定」！一個決定也可幫助其他人的成長。

我是一個好動的人。在餐館我跟十五歲的學生比賽仰臥起坐。在沙灘我跟學生比賽跑。

在教室裡，我帶學生一起做體操、一起跳舞。

過去在補習班擔任櫃檯時，因爲其他的櫃檯女生都穿裙子，漸漸主管們建議我也得穿裙子，在公共場合我的跑動速度跟四肢的伸展常常不按牌理出牌，所以穿裙子會讓我沒有安全感，我找到代替裙子的褲裙，每天開心穿著褲裙去上班，可是有一天補習班要拍全體合照時，主管叫我排到最後一排，因爲我穿的是褲裙不是裙子，頓時我的行爲變成破壞大家的氣氛。穿裙子的規則本來就不存在，但是此刻卻變成壓力，我要讓這個成爲工作的壓力嗎？還是找個方法改善這樣的態度？

我穿褲裙上班，用美濃紙傘當雨具。在群體之中，自我的表現別人會從物質與表面來決定你行爲的合理性，而不是尊重差異。以前唸書的時候爲了我一頭亂而無章的頭髮，學校教官指責我燙髮，媽媽到學校跟老師道歉，我不知道這種屈服是否必要？**我們的教科書讓學生統一一種思想，而這種統一也讓老師無法看到學生的興趣取向，協助他們發展；到工作場所看不到每個人的特質，可以適性的栽培員工。**

好奇和學習動機：人多膽大

我高中畢業連續做的兩個工作都是跟英語教學有關。那是台灣第一家有辦理所謂師資訓練的外語補習班。公司需要往台中、台南、高雄擴充業務，我負責擔任開班工作。前面我提過在高中階段，常常在台灣到處跑，所以對這個工作非常適應。

通常我揹著包包，一個人前一天晚上就搭乘平快車，一路慢慢晃，第二天早上才到目的地。在平快車上穿著中性，要學會保護自己，不必要引來一些麻煩跟危險，所以別人看我會以爲我是個年輕的小夥子。因爲是坐平快車公司，給的車費我省了下來，利用開班之前先四處逛吃吃當地的美食，等到下午招生開始收費，一人三萬十個人就有三十萬，當時身懷鉅款十幾歲的我，非常鎮定沒什麼好怕的。

而這些信心的建立完全是在我高中階段所產生好奇與學習的動機培養來的，我自己一個人出走，或者結伴跟同學一起出走。我們想要去了解除了生活周圍的環境之外，還有什麼是我們可以學習了解的。

台灣近年很流行舉辦遊學展、教育展，標榜用一年可以拿到一個學位，或者當場面試了幾句話，就接受了可以到國外唸書……當我自己去了英國之後，發現有些台灣的學生因爲在這種懵懂的情況下，到了當地之後發生了許多狀況，很多人一年拿不到碩士，當初學校開的優惠條件都沒有兌現，引發我好管閒事的個性，我找到一個非營利機構可以接受外國學生的申訴，有些大學是其中的會員，我用我的書桌設立一個公司，成爲這個機構的會員，開始接案子幫這些學生打電話去申訴，完全不收錢，有的學生還半信半疑認爲怎麼會有人這麼好心以爲是開玩笑，但我很好奇的是，爲什麼他們的生活知識跟應變能力如此單薄？以一年拿碩士作爲學習動機？說穿了那**不是學習動機，而是投機！**

學習的過程是最不可省略的一環。

當你想要用一年拿到學位，除非你在這個行業領域已經磨練很長一段時間了，否則你的學習就必須扎扎實實，學位的知識是要能對等於你在職場可以學到的知識。

好奇心往往是學習進修最強的引爆點。

回到這一章一開頭，我們的作文題目常常會有，將來你想成爲什麼？你希望做什麼？我也同樣會這樣問我的學生，有的會回答醫生護士，有的回答不知道做什麼，但喜歡跳舞……我又繼續追問，既然喜歡跳舞，是不是覺得可以跟大家分享，學生會說雖然想跟大家分享但英文不夠好……

慢慢從學生的回答，已經**有學習的動機了，我開始建立學生的好奇心**。

於是她用自己國家簡單的拉丁舞步，在班上教同學跳，我也從旁同時教她英文，可是跳久了之後，每次都是重複那些舞步，她自己也會覺得無聊。接著會想再看看其他的人怎麼學的？我又開始大街小巷去找學跳舞的地方，兩人一起報名上課，這次她完全融入當下的環境，並不只是學英文，也不只是學習跳舞，她還可以看到別人是怎麼教舞的。我們交換跳舞筆記，有時她還問我下一段舞步？當我回答忘了還會被虧說我是學生怎麼可以這麼不用心……可是，我只是去陪「跳」啊……

這個階段我做的工作就是滿足她們的好奇心，而**滿足好奇心就是從動機開始**，如果不幫學生起頭，她們不知道從何開始。

然後我又問跳舞的學生，班上也有來自非洲的同學，有沒有興趣了解非洲舞怎麼跳的？她也很爽快答應，原本sabar非洲沙巴舞是給女生跳的，可是我卻帶了三個男生一起學，每個人都扭得很起勁。他們發現兩種舞蹈使用的肌肉完全不一樣，我們開始去尋找非洲舞的背景，了解非洲舞是體能上的，很多打掃、燒菜的動作都放在舞步上。結果有的學生不能一起來，所以那一天，我爲了陪學生，從六點跳到晚上九點……第二天這幾個跳舞的學生談及了他們的學習心得，結論是我的老骨頭是活到老跳到老。

我的學生有的從印度來所以也去跳印度舞，尊重群體的每個個體，我們不但看到不同的語言，也發現了不同舞蹈、不同食物文化的差別，而這些在課堂上全部都變成英文了。**好奇心是學習動機的一體兩面，引發好奇心讓學習動機燃燒得更加旺盛**。

溝通語言教學

我聽到有很多人批評台灣的英語在聽與說方面的能力很弱，就我的觀察是，大家溝通的方式與動機越來越少，可以說大家越來越少創造機會溝通。在台灣的溝通是單向的溝通，是人與電視的溝通，你看了什麼電視節目，與別人溝通的內容就是電視上的內容，眞實生活的面向慢慢減縮的時候，我們連自己說母語時都變得無趣了，講第二外國語又怎麼會有趣呢？**當你連中文都沒有辦法活躍，更何況英文呢**？**當你課堂外沒有自我學習的課程，課堂內的情境當然也無法改變**！

溝通不是把課本背熟就可以溝通，溝通是要連接到共同的興趣還有議題。當別人問你意見時，你回答不知道就不會有下文了，這個溝通便是失敗的。所以在教室裡，同學面對我的問題可以回答：「讓我再想一想」，但如果回答不知道就要罰錢，你可以五分鐘不知道、十分鐘不知道，可是如果你不知道越久我就越有錢，而且不能因爲回答不知道就以爲沒事了，我在第三章提過，不知道是一個動力。

我綜合了幾個我在溝通語言教學的方式：

1. **玩樂也是一種溝通**

當我不知道鋼琴怎麼彈，即使鋼琴擺在家裡也沒有人會彈，因爲爸媽說那是買給我的嫁妝，我常常拿我不懂的樂理去問同學問老師，**從興趣到分享**。

2. **交換語言**

聽錄音是一種溝通方式，但語言交換是我的玩法。學法文、西班牙語、俄語、阿拉伯話等等，我的每個學生大家都可以互相學習交換語言，因爲大家來自不同的國家地區，每個人的背景與成長都可以用英文溝通語言。這樣一些基本的單詞可以一用再用。

3. **遊戲／演戲**

用戲劇的方式放在學習英文上面，以訓練演員的方式來訓練英文。演戲有不同的情境與情感，當溝通有迫切性和目的性時，對話的語調就又不一樣，這是從內心已經營造了需要。我也讓同學創造劇本內容，很簡單的對話每個人講個五、六句，針對每個人給予不同的工作。**去發生對話，去學習扮演**。

4. 開辦一家公司

我的教室是一間公司，我會寫名片給他們，有人在教室扮演總經理進行決策，有人開發產品，有人做市場調查，了解教室附近跳蚤市場的差異性，做出定價還有生產量，有人負責行銷包裝……完成定案之後來跟我做簡報。

當有人來買的時候，我們還會發名片。我們之前曾經推出了手工肥皂、項鍊、帽子、手提袋的產品，暑假期間我們從六月開始進行賣植物，把植物放在蛋殼中，有番茄、豆苗、洋蔥……也一起帶領學生學習自然科學。後來慢慢打出名號之後，竟然還有其他的跳蚤市場也會找我們去擺攤。

5. 自己也當老師

我當了老師之後，才重新了解英文，也是透過教別人的時候，更知道自己的盲點，所以我非常鼓勵學生在學習的過程中，自己也可以扮演老師的角色。**透過教書方式你要先學會，才可**

以教別人。這種主動性的學習，要比別人先懂，要知道如何用各種方式解釋讓被教的人可以了解。

你可以轉換資訊內容跟外界溝通，痛的時候，無論你講中文、英文都一樣，語言是要有表情的，沒有溝通教學語言，語言就沒有表情，只是背誦與朗誦而已。你一定要在感情上學會溝通，因此我會去挑戰學生不只是要讓我聽懂，我要知道你到底是需要還是不需要，一定要讓自己投入在英文的情境中，而這個情境不只是營造而是眞的在情境裡面，我絕對**不是要學生變成另一個活潑的人，而是改變學習行為，在新的學習環境發現自己的學習特質而轉變**。

溝通要有效果，最重要的不是只有語言流利，而是你可以提出自己的想法。我會帶學生參加教學教務會議，這個會議的名字是「青少年的聲音」。在場的美國學生發言往往滔滔不絕，而我的學生往往慢好幾十拍之後，才明白討論的議題是發表他們對學校的看法跟需求，等到他們發言時，他們的回答卻非常直接而明確：我們需要錢！因爲沒有錢就沒有老師！沒有老師我們就沒有聲音……

如果學生在教室裡不習慣發表意見，學生又要如何以第二外國語溝通？不能每次都跟著英文教材上的內容問郵局怎麼去，但實際上現在大家已經很少去郵局了。很多現況的改變，我們溝通的內容與方向也都要跟著改變。當我聽到有些大學教授出面批評台灣學生英文沒有競爭力，但這並不是大聲出來喊就沒事。沒有競爭力我們就該盡到責任，學生與老師之間全部都是有連帶關係，**老師教法需要改良，學生則需要被引導**。

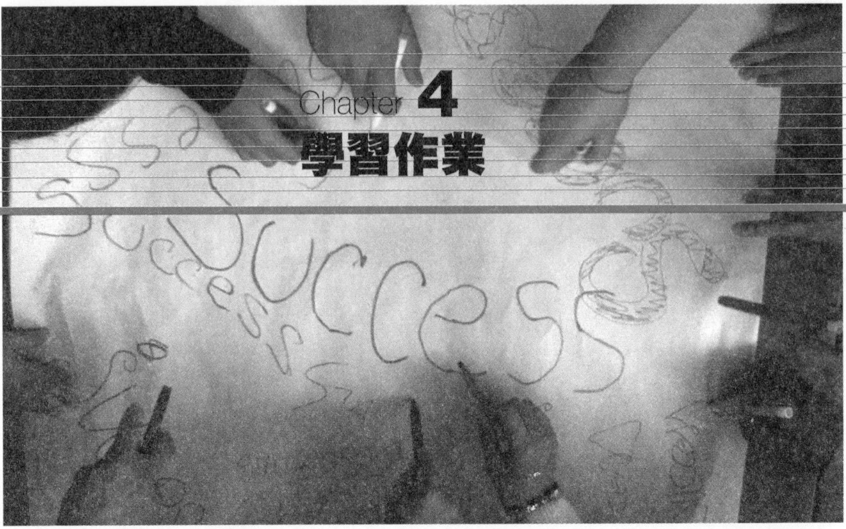

Chapter 4 學習作業

主題1：做個音節的骰子，練練自己的運氣

筱薇老師說明：

跟自己賽跑的人，會花時間找出自我競爭的方式；學英文的人，努力的找出可以自我練習的方式；好賭的人，一直拚命試自己的運氣。很多人羨慕的成就，是用努力練出來的運氣，萬事具備只欠東風，有時候還要看氣象，看哪裡吹東風，就往那裡跑。

英文的學習，很多人都是從音標學起，但是唸起字跟句子就少了點信心，老是感覺說的不夠道地。瞭解到每個字母單位的發音的同時，還是需要不可或缺的音節提味。音節是字的基本構音單位，我們在傾聽的同時，我們聽到是氣流在耳鼻喉裡的摩擦，音節的輕重，影響字的韻律以及字義。

英文的重音節，老師常說要先找AEIOU還要提高聲量，到底要提多高? 我提醒自己，要跟「高」興的感覺一樣「高」。很多書裡也用大小點來做重音提示，但是發現，重音不但要高還要有點長，想起了卡拉OK的伴唱螢幕上的指引的歌詞的小點，提醒你換氣、提醒你一個音要拉長多久。以倫敦這個地名為例，中文倫跟敦兩個字唸起來音長一樣，但是London念起來Lon 比don長了點。

London
倫 敦

英文字句唸起來，其實就要學功夫裡的 「運氣」，用氣的長短來分辨重音，用音的高低來區別字彙，用音節來幫忙碎碎念，勇敢的「運氣」練英文。做個音節的骰子，練自己的 「運氣」。

示範：

1-3音節

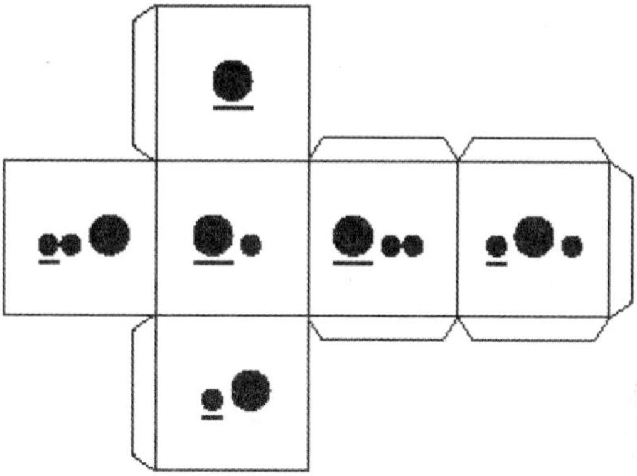

4-5音節

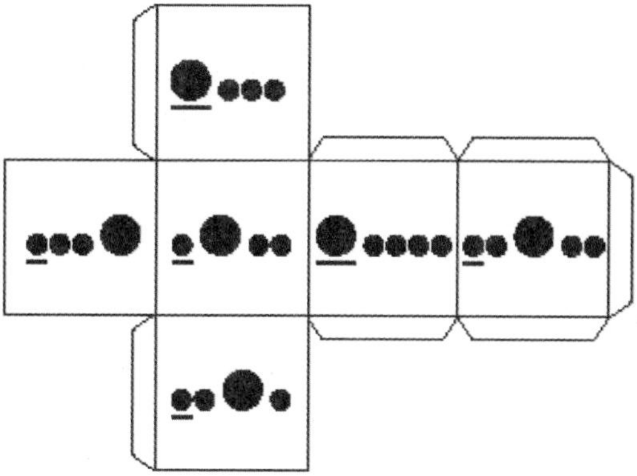

make your own

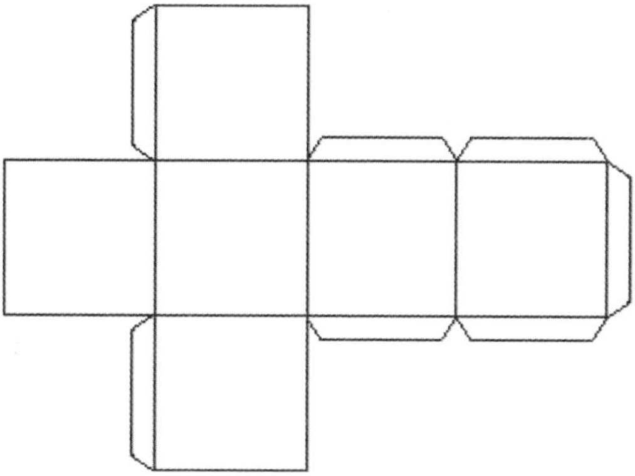

＊繪圖◎Ruru
＊可影印剪貼製作。

主題2：開發夢想行動力

筱薇老師說明：

找事情讓自己有目的地為自己準備，也讓自己保持為一個清醒的競爭者。

學習作業：

請選擇以下列舉的英文字母，找出一個地方、物品、或是興趣等等，查出他們的英文單字，填入格內的每一個項目，都是要以開頭字母為第一個字。

示範：我想要去的城市：大肚鄉（DaDu）吃大肚西瓜。
我知道的廚房用品：dessert plate，我常常使用點心的盤子，剛好放得進我的微波爐。
我要嘗試的新嗜好：break dance（街舞），看看跳了會不會青春永駐。

夢想	選擇一個想要造訪的城市	找出一個廚房的用品	試一個新的嗜好	記錄一件讓你開心的東西	列一項每天的必需品	列舉一樣青菜	找一本想讀的書
D	DaDu	Dessert plate	Break dance				
R							
E							
A							
M							

Chapter 5

學習法5:純真=答+問

當你想辦法解決問題的同時，你的語言就活起來了。
因為一個主動學習者創造出來的需要，就是熱誠。
這個影響力會跟著你一輩子。

Chapter05

純真=答+問

The ability to simplify means to eliminate the unnecessary so that the necessary may speak.——Hans Hofmann

簡化，是消除不必要的，讓必要的顯現。——漢斯霍夫曼

徬徨與孤獨的美好

你是不是在青少年階段對自己有很多不滿！

對於很多問題，你急於想要找出答案才甘心。

否則爲什麼你只是想說出自己的想法，但是卻會被認爲是行爲偏差；你明明什麼都沒做，卻被認爲態度有問題；你跟大家一樣到學校去唸書，卻仍然搞不清楚爲什麼老師的標準跟自己的標準不一樣；內心交雜著一些與現實的衝突，你接受教育，可是你的未來好像已經被定型了，不是你自己決定的，而是社會標準就是這麼規定的。

像升學問題。

當時像我這樣唸高職的學生，成績好的同學如果要繼續升學，沒有人鼓勵你考大學而是考商專，成績不好的同學就往商職工作發展。

但我決定考大學，唸教育系。

一直到現在，我周圍的朋友常說我是一個教育偏執狂，開玩笑問我需不需要看心理醫生，他們認爲我對教育的熱愛實在太瘋狂了！

可是如果你像我一樣，從我高職畢業那一年，就決定了以教育作爲一生的行業，你也同樣會像我燃燒著無限能量，因爲這是自己的生命，不是嗎？誰不爲生命全力以赴呢？

決定唸大學之後我開始一邊打工一邊在補習班上課。教室裡也會有普通高中的學生來補習，我心裡覺得奇怪，怎麼他們也需要來補習？打工的地方像是吉野家賣牛肉飯或者牛排店餐廳，雖然被媽媽告誡不能吃牛肉，但我會問吃牛肉乾、喝牛肉湯算不算吃牛肉？當時總會找出大人說話的漏洞來挑戰，倒也不是叛逆，而是想知道所謂不同的標準產生的結果是什麼？很多年後在英國時發生狂牛病，讓媽媽慶幸還好當初要求我不吃牛肉，誰知道這種不成理的規定竟然變成很有道理的樣子……

我還記得小時候有一次下很大的雨，媽媽還沒回來，只剩我跟弟弟兩人在家，爲了哄一直吵鬧的弟弟，我們兩人吃著冰棒，可是他一直吵，我說我們如果把冰棒丟給土地公吃，媽媽就會回來了……弟弟的冰棒當然不願丟出去，我只好把我的丟給土地公，而媽媽眞的在冰棒融化之前回來了……

當我們思考生命的過程時，其實會發現我們很多邏輯不是理性的，而是訴之於感性。而這**種感性在我們語言學習時卻是完全被忽略的**。

在補習班的成績老實說我挫折滿滿，總是離目標遙遙無期，但補習班老師上課很有一套，老師的教法讓你感覺上課時他們好像在演舞台劇，又像是秀場主持人，因地制宜改變上課方式，看哪個學生開始打瞌睡了就講個笑話炒熱氣氛，他們的表達生動活潑，讓學生對枯燥的教材產生興趣，這些人揹著包包台北台中高雄飛來飛去，從北到南，從南到北。對我來說，補習班的老師**「生動活潑」不是一種教學法，是老師這個人生動活潑**，但教材依然枯燥乏味，我怎麼背都裝不進人腦硬碟裡，動不動就覺得資訊太多需要清除容量……

成績的挫折感開始產生時，我就開始蹺課了，一個人跑到淡水，大熱天裡我還穿了一件厚外套，主要是因爲補習班教室裡冷氣特別強，不穿厚外套簡直像到了北極，如果這時有人用相機拍下淡水街頭的我，肯定會像當年很流行的偶像姜育恆的背影，徬徨、孤獨、憂鬱……

我想，萬一大學沒考上怎麼辦？沒考上自然要開始找工作進入就業市場，父母親也會想幫我張羅，如果我不要被安排就必須想盡辦法積極把自己的時間排滿，證明自己是有爲的年輕人。但我對自己的目標認同還是有問題，因爲高職畢業的我要找的工作是會計、秘書之類，我仔細研究報紙上的就業欄，從中英文的求職欄我發現「找老師」這個行業，不管是中外籍老師的廣告從來沒有減少……而我到底有什麼條件可以來選擇？

我走在高溫的淡水街頭，內心對未來有著低溫的感性情緒。

當時有個朋友，她在K書中心當櫃檯，我們常常半夜在忠孝東路走路，東聊西扯，我們一個像孤魂，一個像野鬼，雖然我不吃牛肉，但我叫她牛肉。我們都處於對未來茫然無所從的青春期，生理上發展，心理也跟著變化，我們風花雪月的跟自己的徬徨還有孤獨談戀愛。

給自己創造機會

我發現有很多人的青春期從來沒有結束。所以**你會看到許多生理年齡已經三、四十多歲的人，在心智發展上還停留在青少年**。

對教育的各個層面我個人都抱著非常高昂的興趣，當有朋友跟我抱怨工作上的問題，我也時常會給對方建議。有個朋友是學科技產業，當他工作出現瓶頸時我建議他可以先蒐集教育科技的資料，一星期後可以討論接下來的目標。可是當一個星期過後，再碰見那個朋友，他說已經報名一些課程，不過還沒開始上課，所以先把資料擱在一邊了，等開始上課再說……

像這樣的回答與說法，我以爲只有青少年時期當學生時才會說，**因為老師沒有教，所以沒有看……一旦你出了社會，就停止學習，因為你認為學習只有在教室裡才發生**。當學生時，學習是勉強被逼的，所以很多人的心態認爲就學階段的教室才是學習，更多人的**生命跟事業工作分道揚鑣，所以生涯規劃上學習更是沒有任何連結**。

大學聯考後，我英文成績的加重計分，可以進入實踐家專（目前的實踐大學），補習班老師說考上大學可以由你玩四年（university諧音）但是這個答案並不讓人滿意。未來我想走教育的路線，可是現實的成績無法達到我的目標，碰到挫折時每個人都可以縱容自己不積極，我的希望不能如願，我可以傷心、難過、一蹶不振，但所有的人看了也會傷心，尤其我的父母，當他們要我就去當個小會計，即使那是很簡單的工作，但我卻做不來，也沒辦法按照別人說的去做，可是如果我繼續縱容自己的不積極，我眞的會一蹶不振。

我一定要用別的方式不斷學習，一定要創造機會讓別人看見我有能力。

像我在紐約看到台灣電音三太子的遊行，他們把傳統技藝創造出一種新的熱鬧的感覺，擴展了許多經濟發展的可能性，這是爲了生存不斷改良，甚至創造了新方向。我們也都需要像這樣給自己一個機會。當我把自己變成猶如改良電子花車的精神，我就開始爲自己創造了機會。

在教學補習班擔任櫃檯時，我的外籍老師每天中午都會來補習班跟我進行一個小時的語言交換，看在其他工作同事的眼裡，以爲我有外國朋友，之後每次櫃檯有講英文的電話，全部轉接給我。

我報名畫畫課。挑戰學習畫畫。

我報名插花班。認識各種插花流派。

我參加救國團健行活動。以團體活動跟同年齡的朋友了解台灣。

我學西班牙文、日文，也做田野調查。

我用觀察去挑戰，用觀察去了解。

布袋戲的歷程從何時開始進展到刀光劍影的程度？照相機的發明讓畫家畫風創造了印象派……因爲許多發明影響了很多人的生活，也改變了我們對事情的看法。

在義務教育的過程中，我們無法培養什麼興趣，雖然那時滿喜歡閱讀散文小說，但自從塞爆床底下之後被發現，就被禁止大人眼中的「看雜書」。每天依然到學校上課，比較重大的行程應該就是參加演講比賽，這個階段的我不能說不快樂、憂鬱，只能說我不太滿足於現況。

只要一有空檔我去參加新的學習，一有負面的想法覺得自己的生命沒有價值，我給自己一個目標來完成，轉移注意力同時找出自己的興趣。我走了很多路程，讓自己想辦法在絕望中生存，而且生存得有樂趣。當時我幾乎把進修的課程視同我的大學學位在唸，也分別安排了主修跟副修。

工作一段時間，那時工作的美語補習班，因爲英文檢定成績不錯，我從櫃檯成爲兒童美語教務，其間我僅花了三個月的時間。從那時開始了補習班內部的教師訓練，有了經驗後，在其他的補習班兼課後輔導教美語，在士林、基隆、萬隆、新店、公館、南勢角、永和，學生年齡從一歲到十一、二歲，從小小孩到大小孩，我穿梭教課，從這個地方到另一個地方，從這個補習班到另一個補習班，每每換一個地方，我就有一種來到不同國家的感覺。後來這幾乎成爲我全職的工作。

課後輔導的補習班在店口打廣告時需要一個學歷，他們在我的名字前面加上了「××大學外文系」之類的名稱，每次經過門口，看到我的名字前面被冠上的學校名稱時，有一種很不眞實的感覺，上面寫的那個人是我嗎？

當時我十九歲，決定到英國去闖一闖，我很認眞跟父母親商量，給我半年六個月的時間，台幣三十萬。

純真的價值

決定去英國之前，我也曾經想過要到西班牙學戲劇，或者到歐洲唸藝術教育的課程。我記得在課輔班工作時，常常揹著相機到處拍，也把關於暗房攝影的各種英文術語條列出來，如果我要出國學攝影，這些專業術語要先知道……**當你情緒低潮，或者遇到挫折時，你都會用什麼方式來轉換情緒呢？我的做法就是不斷找新的東西來學**。打工賺的錢全部投入學習上，這樣的我是異於常人嗎？

決定去英國是因爲有朋友剛好也想去唸語言學校，當時台幣對英鎊約一比六十九，在英國的台灣學生也不多，學費非常的昂貴，所以我初期在英國不斷打工，我自己也喜歡打工，因爲不用繳學費也可以學習。當我看待工作的心態轉變之後，不管做什麼都很愉快。

每天早上五點要到咖啡廳開始洗廁所，下課後到酒吧工作到晚上十一點，第二天早上五點又出門去打工，我唸的書不是要用唸的而是要理解，所以我常利用工作的空檔把書捲成一團讀，有一次實在太累了，我記得早上五點在咖啡廳刷馬桶，邊刷邊掉淚……後來我也想辦法申請碩士，但錢從哪裡來？如果我可以做到完全不用花錢的極點，那個極點在哪裡？極點之後是否還有機會？我看到**很多四十歲的「青少年」，藉口沒錢、沒有時間就放棄**……我在國外花了非常多的精神與時間調整自己，在陌生的環境裡碰到許多價值觀的衝突或者混淆，問題產生，我需要答案，也許答案並不是所有的人都認同，或大家都滿意，但正確的答案就是我的價值觀，也是我保有純眞的方式。

我認為純真，是保留一個你的價值。我問問題的方向，以及取決答案的方向，與我保有純真的價值息息相關。

記得我在英國碰到台灣來的學生，大家彼此都還不認識，但一開口介紹會先說他是台大畢業的，她是政大畢業的……彷彿畢業的學校代表這個人的人格。當別人反問我時，我回答金甌商職畢業時好像我變得要很自卑，我的學歷變成我的人格。可是講出畢業於哪所學校並不是代表這個人的性格，難道不能說他活潑好動很喜歡爬山嗎？難道不能說我的插花小原流段數嗎？有些人還會安慰我說，噢，金甌商職出美女啦！可是爲什麼我要被安慰呢？我想到高中畢業那年我上美語補習班繼續進修，當時我年紀最小但比班上一些大哥哥大姊姊英文程度好，當他們問我問題時，他們會說自己是不恥下問……我能不能把救國團青年活動中心的所學作爲我的學習資歷嗎？那些也是我繳學費花時間唸的書啊！

因爲這是我的升學方式，也是我的學歷。

被人詢問學歷，是否我需要講小聲一點呢？可是小聲回答變得自己都看不起自己；相反的，如果我講得大聲一點，金甌商職畢業就會變成是台大畢業的嗎？這次得到紐約英文老師獎，中央社問我在台灣的最高學歷時，我不知道數十年之後，提到我在台灣的最高學歷還有迴響，有人說：

原來金甌商職畢業的英文可以那麼厲害！眞不簡單。

或者是：

金甌商職畢業如果不是出國深造怎麼會有出頭天！

如果待在台灣可能月薪都不到兩萬。

這些反應都是我始料未及的，原來金甌商職畢業除了英打速度快到可以幫同學打報告的優點之外，還可以給我這麼多其他的意義。

我找到生活的樂趣還有學習的樂趣，我保持對生命與文化的熱誠，對人的熱愛，從過去到現在，不論在哪個階段，我一直在尋找自己的位置。我的轉行，以至於現在紐約教英文，我的人生經驗對教育的了解與執著。**就一個學習者來講，我保持了純真，愛上我的學習歷程，如果無法保持，我沒辦法繼續走下一步。**

再生不是複製

當我們的皮膚受傷，經過抹藥治療，會再長出新的皮膚，但會留下疤痕。而當影印機複製過一遍文件，每印一張，寫眞的程度就少了一次。從這兩個狀況，我的學習屬於前者，**是再生而不是複製出來的**。

高中的時候，每個暑假我的同學要陪我到學校補考數學。因爲我無法複製數學答案，也許是我拒絕複製，但我不清楚在黑板上抄下來的題目與答案，如何複製替換到考試卷上？甚至只是當題目上的小明改成小黃而已，我死腦筋的程度就是不知道如何去轉換答案。

如果把複製的問題放在英文上，就變成同樣的句子換了時態，換了介系詞，可能就有不同的意義，而你只要把對的字複製到對的位置並且是符合邏輯的，我們的英文考題都是這樣複製而來的。

但是我要**再生**。

我們常常聽到情境教學，並不是大家在那個環境裡都講英文就是情境教學，情境是一種模擬，像在實驗室做實驗，盡可能的創造出一個相近的環境與情況，在有共識的邏輯歸納下，歸衍出字的意義跟句子結構。我可以帶著學生在街上逛，讓街道作爲我們的教室，沿街聊街上看到的人事物，想像那位小姐要去的地方，這輛車要去的方向，猜測一個紅綠燈幾秒鐘換顏色，用大家共有的知識來完成我們對事情的預測。

於是我開始設想，如果這個題目發生在家裡，要怎麼去回答？今天教的文法上有主詞動詞副詞過去式，如果我站在馬路邊，可以用什麼樣子句子結構來說？

是不是所有學習的文法都應用在生活上了？如何擅用文法來協助自己充分表達自我的需要？有沒有在生活與環境中出現？如果你的學習只在筆記本上，那只是寄放在腦袋某個角落而已。

我讓同學像演戲一樣來演字，但每個字不能重複，因爲不能複製所以字就必須再生。我也給自己挑戰，即便同樣內容的課程，**我能不能每一次想出三種不同的教法，每一年有兩百天次的課，相乘之後一年就有六百種教法，我做得到嗎**？我對自己下這樣的戰帖。

而**人生就是課程**。

我們生活之中有很多重複，像流行歌曲的情歌，像每天上班下班，像每天上課下課……只要發生一點狀況，我們習慣重複之後就無法危機處理。所以**每天給自己的挑戰就是：創造**。

我創造文法的詞性來比喻成一個人的身心靈。

語言的身體是名詞。

語言的心是形容詞。

語言的行爲是動詞。

語言的靈魂是片語。

這樣一創造，所有跟名詞有關的定冠詞、複數，看到跟名詞有關係的單字都可以聯想在一起。

每一年教書我都要不斷再生，如果我每次用複製的方式來教，每教一次就失真一次，連我自己也會變懶。爲了怕自己教到睡著，我保持每天的興趣來做實驗，而學生跟我都是白老鼠，我的教室就是實驗室。

當我嘗試新的方式，學生沒有興趣我就放棄。

但如果引起學生的興趣就會變成一堂課。

之前提過的跳非洲舞變成語言教學的內容，與其說教英文，我覺得培養學生的興趣更重要。我帶著學生上音樂課，不是休閒娛樂玩玩而已，而是眞的從分辨拍子、長音短音來學習，當我把在學校學習的副修科目——**把課外活動變成必修科目，我把語言學習再生了，但我必須強調，我的教學絕對不是生動活潑，因為「生動活潑」不是一種教學法。**

建構理論：房子是畫出來的

很多時候教育工作者會說，學習者是一張白紙。但是學生來學英文之前，他們已經有自己的認知能力與判斷力，所以他們不是白紙，他們知道組合與連結、他們可以參與架構，他們有足夠理解力可以把抽象的比喻放進具象來運作。這是「教育建構理論」所說的，學習者本身也是建築工程師，像堆積木或者用幾何圖形拼湊，教育工作者設計課程讓學習者去思考並且一起架構他們想要學習的事物。

我在台灣學畫畫時，那是由一群大學剛畢業的學生組合的畫室，為了國、高中生準備考大學的美術系，而發展開設的課程，按照他們的教法還有觀察，我不太了解那些制式的過程。

像立體感的呈現，美術系的學生告訴我用畫筆在畫紙上，這裡深一點那裡淺一點，物件的立體感便呈現出來。一開始我覺得很神奇，只是簡單的色澤深淺就能讓物件看起來有立體感，但是我要如何去營造？單純只是在畫室裡畫靜物，我無法滿足，我希望可以去寫生，我去摸樹，用我的觀察法看季節變化，也許我不見得畫得很立體，但我發現可以用畫去解釋生命。

在環境裡面你必須發揮觀察力。

出國唸書每天的環境裡講的都是西洋話，各種口音都有，也有加上比手畫腳，我用情境去觀察，每天聽出一點今天老師在講什麼，明天老師又說了什麼，把觀察力放在空間與時間裡，找出任何蛛絲馬跡。然後我開始拼湊、堆積木、架構、組合……

一開始跟老師打招呼，然後老師講了一堆，我聽不懂，但我知道老師好像是談她的家庭。下次碰面，我從老師的家庭製造話題，How's Mary？然後老師又講了一大串，我再從對話中了解一些細節。另外我也仔細觀察季節變化，大家戴手套、圍巾，下次對話時我可以從天氣開始談，我先準備把跟天氣有關聯的字彙組合起來，然後先問自己，自己回答。**只要跟對方對話五分鐘，他們可以相信我有能力，但其實我已經自言自語練習過了。**

把每天的觀察跟拼湊養成習慣，慢慢聽懂一個字、兩個字，而這些看似屬於藝術的素養，觀察力與拼湊力隨時在發生，現在我在紐約的教室裡，當我喝一杯咖啡時，我的表情很誇張，學生會問我：Why are you happy？他們會知道因爲咖啡讓我快樂，然後轉頭跟聽不懂的學生說，老師喜歡喝咖啡……我的學生會跟我說，My English no good，我回答：「No good English」is English.

這裡我要特別說明，建構性的教學不在於建構，而是用學生以前知道的東西來營造學習的過程。

我在這個過程裡學到非常珍貴的一課。

有個從西藏來的學生，我們都叫她香秋，她只會講西藏方言，每次同學要跟她說話，要先透過她表姊的翻譯，但表姊只會講普通話不會講英文，變成每次對話就是：普通話↓西藏方言↓英文↓普通話↓西藏方言……

香秋從小有七個兄弟姊妹，她被要求留在家鄉幫忙，每天的工作是騎著馬去牧羊，她有四十八隻羊，還有一張跟犛牛合拍的照片，因爲政治庇護的原因，很快跟家人來到紐約，十九年來都是騎馬牧羊的她從來沒唸過書，不會讀也不會寫，同學要帶香秋去搭火車，全部的人跟香秋一起搭錯車，告訴她哪一站可以換車，幫她做一本搭車的小本子，畫三角形的才可以搭、畫圓形的不可以搭……上英文課的時候，前一天同學會先把中文列出來，大家先教她中文普通話，然後再教英文，這個教法不知道是哪個學生想出來的，但是我很了解，**當你在想辦法解決問題的同時，你的語言就活起來了。因為一個主動學習者創造出來的需要，就是熱誠，這個影響力會跟著你一輩子。**

有一天我要跟香秋握手，但是她以爲我要跟她牽手，這時我才發現學生當中只有香秋一個人不知道握手……這個下意識動作讓我了解，我已經有個預設立場以爲每個人都知道握手……**因為這百分之一的不知道，我時時要提醒自己，不能自以為是，雖然僅僅只是握手這麼簡單的**

動作……但是我也絕對相信，**全世界人都會知道的，那就是關心與愛**。班上福州來的同學一聽到香秋的故事就哭了起來，因爲那眼淚讓我知道香秋這個孩子會受到每位同學的照顧與愛護，連續三個月同學輪流帶她上學。

這就是建構教學裡最美麗的一面，如果在這個建構的房子裡，有溫暖、熱情、關懷，房子就不會倒；**如果學習的知識是冷的，感情便沒有動力。同時學習一定要互相分享與影響，知識才會是火熱燃燒的。**

內容為本的方法：不好是沒法跟別人一樣好？

你知道好與不好的差別與標準在哪裡嗎？

考試只要求六十分就是不好？

在學校裡我的操行分數只有七十五分，全班也只有三個人低於八十分，我就是其中之一，就這樣莫名其妙的拿了低等操行好幾年。

或者因爲我問的問題太多是不好的，可是會問問題表示我有很多地方不懂不是嗎？或者因爲我跟大部分的人不一樣所以我就是不好的？

朋友問我，你們國家的人想盡辦法把自己變得很白，戴帽子還撐陽傘，化妝品還有各種漂白效果的，好像要把自己變成白人……小時候媽媽也說一白遮三醜……可是我喜歡曬太陽，如果大家都是白的就是好的，只有我不白就是不好的，那我應該更突出吧？

當我鼓勵學生說，你問了一個好問題，我發現這樣的說法也是不對的，因爲學生會跟其他人說：老師說我問得好……但是好在哪裡呢？

大家都說：我要把英文學好！但我問你，怎麼樣才是好？

在英國我從大學準備班到大學還有碩士前後六年才完成，另外一個學生碩士一年就拿到了。因爲她學的是純藝術，透過工作經歷可以當作學歷被認同，她的學位可以不需要寫畢業論文，用辦展覽來替代就可以拿到碩士。朋友笑我，人家唸了一年就拿到碩士，妳這幾年都在英國幹嘛？

回台灣會被問妳是英國哪個學校畢業的，通常只要回答不是在倫敦劍橋或牛津，得到的反應就不是好學校。好與不好，好像只是由問話人的主觀來評量，就像我七十五分的操行只有打分數的人知道。

好與不好的價值觀，你究竟是怎麼產生的？

內容爲本的方法，**沒有好與不好的價值觀，只有對與不對的價值觀**。前面提到建構教育不把學習者當作一張白紙，學習者已經有自己的生存思考背景，但這裡提到的內容爲本，要從學習者完全不懂的領域進行教育。

譬如我讓學生打毛線。

學生從木頭勾針開始製作，然後實際用雙手操作勾毛線，不論男生女生都要勾。一開始有的男生勾得比女生好，可是女生就會笑男生，好娘喔，爲什麼男生勾毛線就很娘？學生來了新的環境，他們原有的價值觀還是依舊存在。

我告訴學生，這些勾好的成品我們要擺攤販賣，大家要一起參與讓我們的攤位有產品販賣，於是每個人開始討論要縫衣服縫帽子，開始要製作首飾……漸漸發現女生開始讚美男生手很巧，做得很漂亮，這個同心協力的過程，他們擺脫原來的價值觀，習以爲常的想法，男尊女卑、男主外女主內，**隱藏在潛意識的價值觀都需要被挑戰**。現在教室裡有東西破了需要補，每個人都可以拿起針線縫補。內容爲本，讓大家同心協力做好一件事，在教室裡一同找出屬於我們的價值。

你的英文要好，要讓英文變成生活的內容，我就以文化來教你，感受文化，由你自己來衡量你的價值觀。

你來紐約，你的鄰居不是白人而是紐約人。你不能對不同的人種有不同的看法，你要建構自己去了解自己的生活內容，**用行為和內容來改變觀念，經過這個過程你才能夠自我成長。**

藝術技巧：劃直線不用尺，是米開朗基羅？

打開台灣的幾個入口網站，會發現學習英語的宣傳在網站頁面像霓虹燈一樣不斷閃爍，廣告非常多也非常頻繁，可見在台灣英語教學的商業投資相當可觀。

語言學習是所謂的「智慧經濟」，以藝術的角度來看屬於「純粹藝術」，也是智慧經濟。兩者的共同點從空洞當中找出純粹性，所以一個藝術家應該具備的感受，如果你也運用在學習語言上，這個語言就會隨著你的意念帶領你。我可以這麼說，不論任何語言都是藝術的畫筆，學習的人反映他的純粹性，不要說你學不好英文，那是因爲你沒有意念讓畫筆隨你走，劃一條直線如果不用尺，你知道那需要多專心呢？你隨便打個噴嚏的話，線就歪了，而那個專心也就是你的純粹度。

不論是學習者還是教育者，都要發揮想像力與觀察力。

畫國畫的時候，老師用兩三筆潑墨來創造意境，我在學畫的過程體會技巧是實在的工具，但要用到形式點綴的意境並不需要一片一片葉子仔細描繪，語言也是這樣，如果你描述一件事情的每個細節，光是講一件簡單的事情就要用到兩千字，但是這樣沒有達到創造的意念，你是否能將語言的重點用藝術技巧來分析與想像。

譬如說我很生氣，一般人會用I am very angry。但如果我用I am furious。對方會知道我氣得頭頂冒煙，七竅生煙。

如果你不具有創造力、觀察力，你就沒辦法聽說讀寫。

我讓學生們在學習英文同時也發揮創造力，我會請他們想一想如何用一件舊T恤做出三樣東西，於是他們縫了帽子、項鍊還有袋子，而且每一樣東西都順利銷售出去。

往往**走進教室的學生，已經習慣把思考丟給老師**，可是走進我的教室，他們一開始會抱怨連連，覺得有必要做這些事情嗎？有的學生來了兩個月連帽子都不會講，那是因為我們製作帽子的那一天，他沒有來，當然連帽子都不會說，**光靠查字典，見了就忘，知識自然不會留下來**。

我想辦法**讓學生能夠黏住語言，要去發現哪些東西是有黏性的，而這個發現的過程就需要觀察力**。學做帽子的同時還要學習到軟軟的帽子英文要怎麼說，西班牙文、中文、希臘文叫什麼，我鼓勵學生創造英文，語言是活的不是死的，當他們想要去創造這些字的時候，就會有邏輯。

我們還進行一項寫名言的活動，可以從這個活動看出學生思考的邏輯。得到最高票的是：做愛不要做戰。

其他名言還有：教育等於生命。這是一個十五歲的小女孩寫的，她已經有兩個小小孩，我們沒有特教班所以她只好安排在我們班上，她的邏輯是教育很重要，如果不能上學，小孩就沒有辦法活下去……所以教育等於生命。

另一句是：教育就是獨立（Education is independence）。這一句大家的邏輯是我們只要受教育，就可以自給自足，教育可以讓我們幫政府省錢。

這些名言我們都要印在T恤上然後來販賣，作爲我們教學上的經費。這樣學習的英文是有思想以及目的。

用藝術基本的訓練來架設一個英文學習環境，創造思考力、創新力、觀察力，而我們用藝術技巧成為英文學習語言的聽說讀寫。

藝術訓練的另一個要點是：**自信**。

每個藝術家對自己的創作都有相當程度的自信，但自信不是驕傲，不是跩。當你畫一幅畫，只要有那麼一個人願意欣賞買下來，這幅畫就是藝術家的自信，而這個人印證你的自信。藝術家開展覽，四處演講，不只是在自我薰陶，而是有第三者來印證。

考英文檢定是一個外在印證的方向。

學生的作品擺地攤受到歡迎也是一種印證。

我們需要準備七十人份的午餐外燴的工作，也是對學生學習的一種印證。大家要分配工作，有的負責菜單食譜，有的要買食材，十道菜包括甜點和茶。

每樣學習之後所創作出來的作品，不論是一幅畫或者一道菜，讓人買走或吃完，都會讓學習者產生自信，我讓學生用藝術家的眼光來看他們的生活，他們的視野自然寬廣，觸覺自然敏銳，**因為每位藝術家都必須挑戰自己的創作，每一次都要有新的想法與思考放在生命裡**。

建構教學營造空間，這個空間開始有常識與知識。慢慢加入自信，放點個性。這是學習的點與點之間，接下來點與點可以連成線，線與線可以畫出房子，在房子裡彼此互相關懷，房子裡面是安全的，是溫暖的。房子雖然是虛擬的，但因為保持純眞的態度，學生隨時都要跟我一起賽跑，學生有方向，他們會越來越接近夢想；學生在後面追趕我，我也會越來越進步。

Chapter 5
學習作業

主題1：練就英文活力肌

筱薇老師說明：

以前上電腦課之前，先要學電腦是怎樣思考的，那時是電腦科技的新石器時期，很看輕電腦的0跟1的哲學。
記得每堂課都在努力的畫著流程圖，想著那個笨重的腦袋，會怎樣回應我給他的含糊不清指令。
多年之後，我發現我含糊不清的思考，需要學學那個新石器時代的機器，簡化我隨著經驗的累積，反而越簡單不了的我的執著。
下列流程圖，是我對學生做的很簡單的練習，沒有學習動力的學生，可以把精力放在他們真正喜歡的事物上。

心理測驗圖：

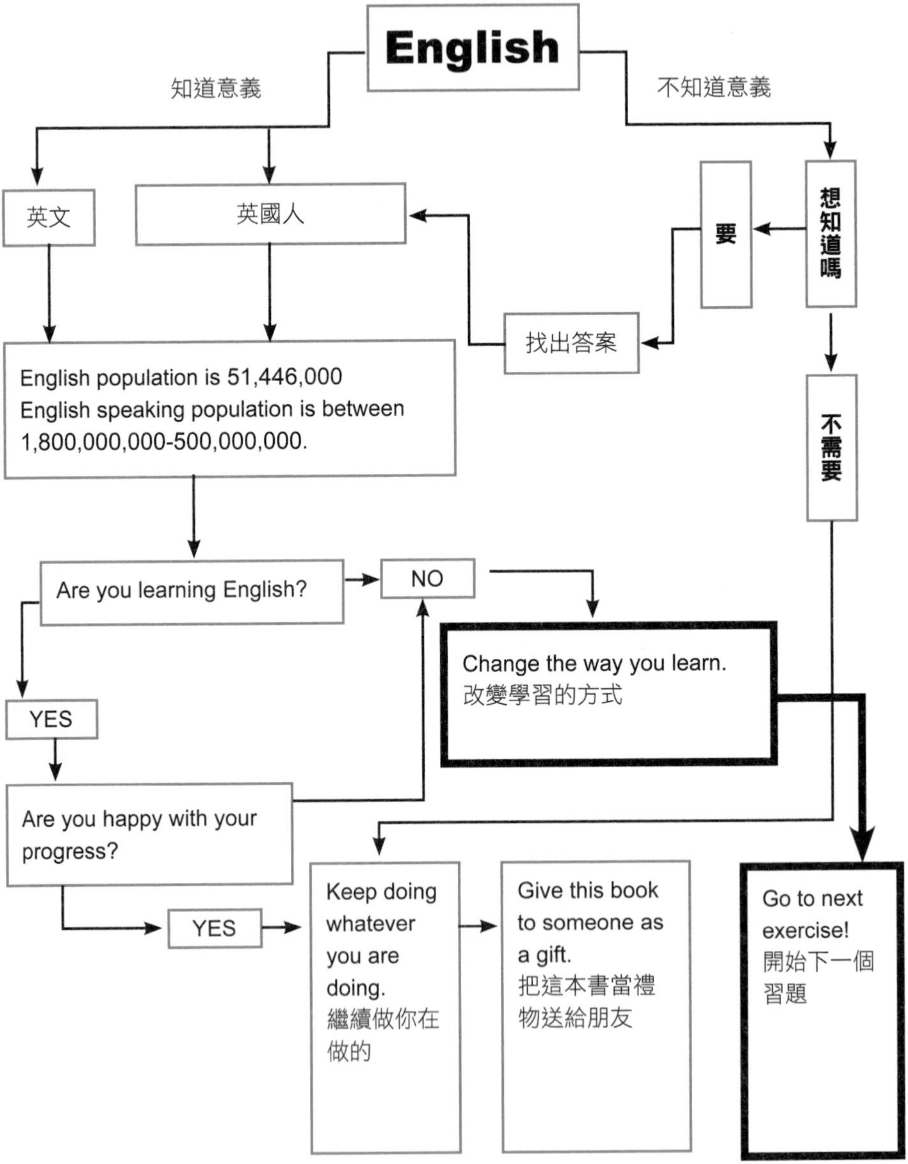
English
知道意義
不知道意義
英文
英國人
想知道嗎
要
不需要
找出答案
English population is 51,446,000
English speaking population is between
1,800,000,000-500,000,000.
Are you learning English?
NO
YES
Change the way you learn.
改變學習的方式
Are you happy with your progress?
YES
Keep doing whatever you are doing.
繼續做你在做的
Give this book to someone as a gift.
把這本書當禮物送給朋友
Go to next exercise!
開始下一個習題

單字懂不懂測驗圖：

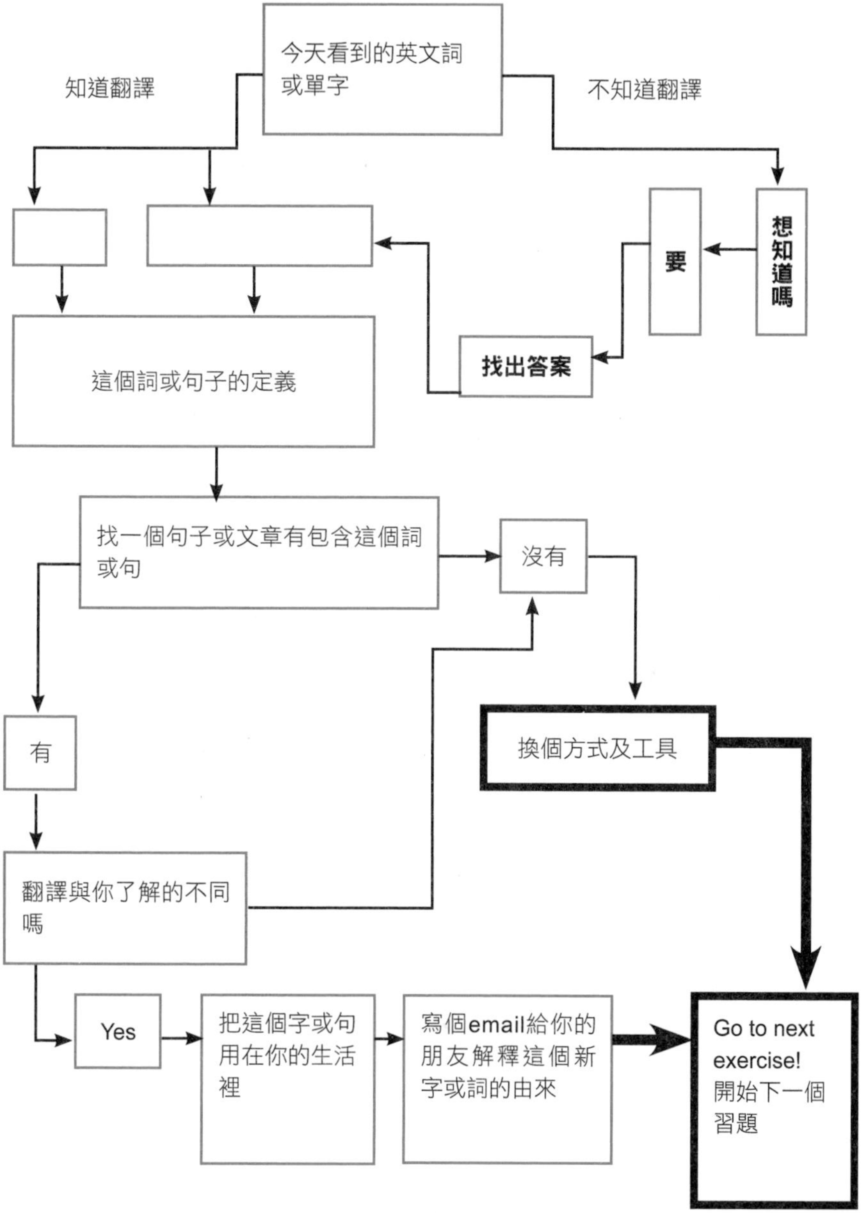
今天看到的英文詞或單字
知道翻譯
不知道翻譯
想知道嗎
要
找出答案
這個詞或句子的定義
找一個句子或文章有包含這個詞或句
沒有
有
換個方式及工具
翻譯與你了解的不同嗎
Yes
把這個字或句用在你的生活裡
寫個email給你的朋友解釋這個新字或詞的由來
Go to next exercise!
開始下一個習題

主題2：生活路Road of life

學習作業：

走在你的生活路上，看著這些代表著你哪些生命的符號的路標。
依照交通指標，標下你自己的生活路。剪下你需要的路標，一一貼在生活路的街上。有些標示對你有不同的涵義，慢慢建設出屬於你自己的指標。剪下交通標誌貼在地圖上。

出發地／目的地=你來自何地，你往哪裡去

沿路樹木=生活和信仰，對你的影響

其他汽車=曾經和你同行的人

標誌=成就，里程碑

合併=生活裡的機會

出口=需要能放下

走彎路=你不得不選擇另一條道路，以保持前進

建築物=你想要的東西／需要的工作

路障=你們所面對的，障礙 ／挑戰

橋樑=幫助你克服障礙的人、事物

你自己的車／自行車=顯示你的個性，風格以及優勢／劣勢

右彎
左彎
岔路
岔路
岔路
岔路
岔路
岔路
岔路
狹橋
圓環
匝道會車
匝道會車
路面顛簸
路面高突
路面低窪
注意號誌
分道
路滑
當心行人
當心兒童
當心殘障
當心飛機
當心動物
當心台車
當心腳踏車
隧道
雙向道
碼頭堤岸
右側斷崖
左側斷崖
注意落石
注意落石
注意強風
慢
慢行
危險
連續彎路先向右
連續彎路先向左
險升坡
險降坡
狹路
右側車道縮減
左側車道縮減
有柵門鐵路平交道
無柵門鐵路平交道
第一面無柵門鐵路平交道
第二面無柵門鐵路平交道
第三面無柵門鐵路平交道
狹橋
圓環

＊請影印剪下製作，或者找自己喜歡的標示圖來剪貼。

©Marco Aluarado

每次走錯路的時候，就責備自己浪費了時間，後來回想起來，這些浪費的時間就是要讓自己不要再走錯路，路上人來人往的，有很多的考驗，在街上的警告標誌或市路標，總是提醒我，在人生經驗上相類型的警示。

＊在每一段路口，每一個轉彎處，想一想這些生活路的指標對你產生了什麼意義。（請影印剪貼）

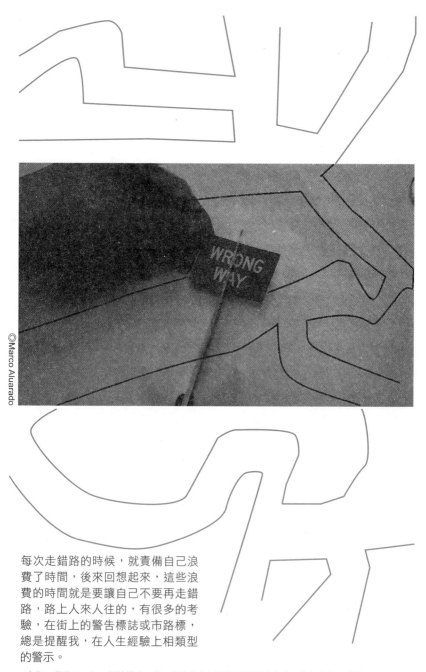

▶ 筱薇的學生示範圖：

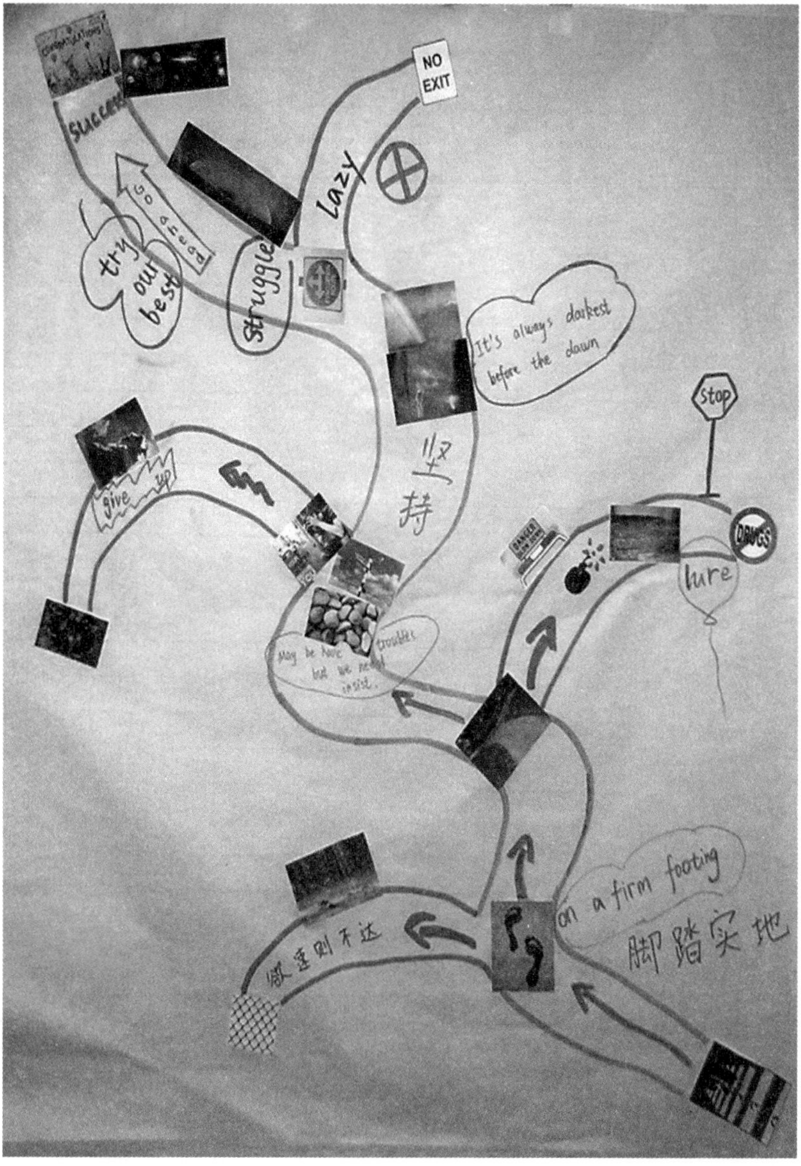

學生：林建安&薛元罡

在日本人住的區域的食物品嘗會，學生用筷子吃棉花糖，看見紅豆餅、章魚燒，告訴他們那是日本食物不是台灣食物。

在博物館參觀之後，圍在一起心得報告。

吃團圓飯、發紅包、說吉祥話，大家體會聖誕節，也體會華人過新年。

筱薇老師的紐約教室 實況轉播

Chapter 6

[學習法6:耐力=持久+短暫]

持久性的耐力在你的工作中佔了多少比重？
持久性的耐力在你的學習中持續了多久時間？
當你一直做不好的事情，
你是否想過不需要折磨懲罰自己？

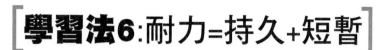

Chapter06

耐力=持久+短暫

If it is to be, it is up to me. ——Sir William Johnson

我決定我的未來。——威廉　瓊森

學習是一種愛情的狀態

每次只要遇到教學工作上的挫折跟阻礙，我就會哼著曹格的〈背叛〉。別人聽起來以爲我在哼情歌，而實際上我也眞的覺得我在跟我的工作分手……雖然我有滿腔熱血，可是有時碰到現實中當局者的決策，我往往有一種被背叛的感覺……不管在哪裡，不管從事哪種工作，在職場上很多時候要面對的是人與人的關係，**找一個工作就像是找一個愛情的對象**。

有時會聽到目前從事教職的老師們抱怨，教書這個工作薪水低工作量高，要不是有寒暑假也無法做這麼久……原來有寒暑假是讓教師找到愛工作的一個理由，可是一旦到了寒暑假是否眞的利用這個假期來做什麼學習了呢？

有些人可以一份工作在同一家公司待一輩子直到退休；有些人在同一個領域但不同公司換來換去；有些人的持久性非常短暫，不斷更換工作也換行，希望可以重新開始……學英文跟選擇工作一樣也要有方向，賣珍珠奶茶跟會計師、工程師，都有不同的中文詞彙，所以需要英文的工作也是一樣，你的方向在哪裡？

持久性的耐力在你的工作中佔了多少比重？

持久性的耐力在你的學習中持續了多久時間？

你喜歡一個人，一開始陷入曖昧的關係，慢慢你們經過試探、不確定，但還是很喜歡，接著你們的關係越來越穩定，於是你們想到未來，開始希望可以共同創造一個家庭，你們考慮買房子，考慮生小孩，你們也想養一隻狗……

在英文有一種說法：蝴蝶翩翩胃裡飛。

蝴蝶如果被裝在一個容器裡，就會展翅蠢蠢欲動、忐忑不安，不清楚正確的方向在哪裡？愛情、工作、學習，在我的人生中都有許多忐忑不安的經驗。

我從很年輕就確定自己未來要從事的是教育工作方向，離開台灣時我想成爲藝術治療師，所以我唸了藝術也唸了教育，有些學科可能唸了一兩年短暫接觸之後，持久性由自己去堅持，有些學科唸了七、八年反而變成制式的思考。然而不管持久還是短暫的過程，這其中最重要，也是從一開始到現在我都一直沒有改變的是，我對人的熱誠以及很專情的從事教育相關的工作。

同情是愛的基礎

你在學習中是一個人的關係？還是一群人的關係？

如果我學英文，全班只有我一個人英文好，我要跟誰去對話？如果只有我一個人拿高分，全班都不及格，沒有人作伴孤孤單單，學習不但不會持久而且還是短暫的，考過就會忘了。所以我的教學態度是一個人好不算好，全班跟你一樣好才是好。**我教學的基礎是愛**。

來自各個國家的學生。有因爲政治庇護來的政治難民，有來自法國、西班牙、韓國、中國、非洲、中南美洲來尋找美國夢的新移民，這些學生因爲各種不一樣的生存方式來到我的教室，每個人有不同的語言文化背景，我是他們來到陌生國家接觸的第一個窗口，最直接的語言就是熱情、關心。所以我設計課程的方式，課程內容一定要加進學生參與，大家一起了解該學的、必學的、想學的內容有哪些。工作的過程裡關心跟熱情隨之而來，大家要一起工作，不是一個人，而是一群人一起努力的事。

我要確定他們的熱情被找回來，他們要互相支持才能夠往前走。

我的教室有個來自蘇聯的學生，他只要一緊張就會口吃。每次要上台講話他就開始結結巴巴，可是他的英文已經講得很好了，同學一看他結巴也很急就想要幫他唸，但有一個巴拉圭的學生要大家不要幫他唸，要給他時間，不要給他壓力。當有同學又要幫他唸，他就大喊Wait！Wait！這個巴拉圭的學生用他的方式在協助這個口語有困難的學生克服，全班都想幫忙，但只有他的方法是治本的協助。他花了時間觀察了蘇聯同學口語困難發生的情況，這些都是同學互相的關愛。

爲什麼我會產生這種邏輯，認爲熱情可以幫助學習？

大家都說語言是溝通的工具，不但要語還要言，如果只有你一個人好誰要跟你講話呢，我自己製作有聲書，但每天對著錄音機久了也會變得無聊，你能自言自語多久呢？在台灣的教育競爭壓力大，每個人讀書比較顧自己的成績，往往功課很好的人，反而不會跟同學相處，當模範生的人，讓人有高高在上的感覺。

我在教室裡上課時，如果有人聽不懂但有人已經懂了，我不會再重複第二次，我讓聽懂的學生不管用什麼方式教聽不懂的人，學生之間去互相推敲反而得到意想不到的效果。

這一章的標題談的是耐力＝持久＋短暫。

另一個思考點是**當你一直做不好的東西，不需要用同樣的方式來折磨懲罰自己，短暫也包括這層涵義，也就是不要執著在不懂的地方**。

在學習中如果沒有愛，人對人的關係如果沒有熱情，一有競爭的關係很快教室就會像戰場，你會看到學生你爭我奪，看不到的暗箭在不明處射來射去，但是如果他們能夠互相關心，競爭就會有運動家的精神。

食衣住行育樂，再加上英文

全民英檢的目的在於你是否能將英文用於日常生活中，與托福、多益的方向不一樣，劃分程度的過程分析比較是生活化的，我看到市面上標榜全民英檢必背一千個單字等等這樣的工具書，背熟了這一千個單字全民英檢就可以高分通過，但一千個單字中找不到熱愛這些文字的原因。很多人學英文是因爲工作需要必須考這個試，但你是否眞正熱愛你的工作？還是只因爲工作升遷需要？如果是，那麼這個愛很快就會退燒、會打折，你投資了補習費最後你會放棄這些學習。

有一回我跟朋友到法拉聖的唐人街吃飯，因爲朋友要來台灣所以每天都在學中文，我從唐人街的小吃開始教她這是臭豆腐，那叫肉羹……朋友在電視上學到一個字「小可愛」，她就稱讚我是小可愛，在旁邊收拾碗盤的歐巴桑聽到了非常興奮，誇我的朋友中文講得好，讚美我的英文竟然可以跟美國人說得一樣好，這個歐巴桑來美國兩年多但不會講英文，因爲不需要，但是當她聽到我朋友講中文，眼神散發出熱烈的光芒，因爲她非常希望可以用英文來讚美我的朋友，這就是一個需要。

我們以前學習生活與倫理教導食衣住行育樂，我自己又加了一項：英文。因爲我的食衣住行育樂全部都有英文的話，**我不學英文是不行的，當你把學習變成基本需求，沒有理由不愛，因為你需要**。而我經常營造需求。食要怎麼用英文表達？育樂要怎麼用英文表達？很多東西你習慣它存在之後，就不覺得吃力。就像一個家具你覺得妨礙佔位置，但每次走過去的時候你就繞過去，從來沒想過可以去移動它或者改變它，你沒有想法去改變家具的存在，**當有機會出現的時候，你根本不知道那是機會**。

我在當英文補習班櫃檯，一有升上兒童教務的機會來時，我馬上就可以上場。**唯有主動學習，你才可以創造需要迎接機會**。

你看電影時，有中文字幕你就放心了嗎？如果中文字幕是不正確的呢？

在英國我蒐集骨董相機，一些老爺爺老太太清理倉庫時的舊貨放在小包車的後車廂兜售，我讓教室的同學研究數位相機之前，先讓同學搞懂我的骨董相機，並且寫下來如何使用相機，我創造難題是要他們去了解相機的歷史背景，光源顯影的構造等等，但這些單字連他們的母語都不懂，對他們來說都是新的字彙，而我創造了需要，他們沒有別的字可以用，必須使用這些單字。如此一來當他們需要，他們的知識就建立了。

小學時媽媽煮白粥給我吃，但國中高中之後我想要奢侈一點的廣東粥，進入社會工作後可能我希望可以吃到懷石料理；小時候我喜歡坐平快車，長大後有高鐵有飛機可以選擇……隨著每個階段的發展，我們同樣也自己創造需求。

人智教育：飽足的微笑是計畫出來的

小時候我很喜歡吃西瓜，每次拿到一片西瓜，我都希望是在「身心靈」保持滿足愉快的心情下來享受，小孩子的心思就是會單純到僅僅只是一樣食物也都有自己安排的方式。

有一回媽媽幫我拿便當來，乾麵加上一片西瓜，我吃完乾麵就已經很飽了，所以我把西瓜留著放在一邊，等到我睡午覺起來腦袋清醒了再來慢慢享用。可是這時老師發現我沒把西瓜吃掉，不管三七二十一就叫我到垃圾桶旁邊把西瓜吃掉，我一邊掉淚一邊吃西瓜，老師不問我原因也不了解我的心態，但他罰我沒有把食物吃完的行爲。如果老師問我，我會告訴老師，因爲我的習慣會把想吃的東西留在最後，每吃一點就少一點會讓我的心情不好……西瓜是我的最愛，但我吃得很飽，我希望等我比較不飽的時候再吃，而不是現在像老師看到的我是浪費食物……

我跟老師之間有完全不同的價值觀，而我們的看法是完全沒有共識的。

提出人智教育的史坦納博士，他是奧地利的思想家，原本這個建構的理論實行在工廠中的員工訓練中，在二十世紀成爲世界性推廣的教育理論。他的概念是以精神的觀察出發的人智理念，發展出人的心身靈的深層學習，而靈性是寬廣的，愛不只是愛人，是愛任何自然萬物、任何花草。當你的身心靈處於和諧的狀態，你才會有飽足感，有了飽足感你會發出笑容。這個笑容不是大笑，而是滿足目前的狀態，因爲這個狀態是經過許多努力的結果，**真正快樂的人，所發出的微笑是從精神上讓人感覺到和平與快樂**。

你的身體是飽足的，你的微笑自然也是飽足的，身體的飽足要靠食物，因此我會關心學生吃什麼？我訪問家長，學生的三餐都什麼時候吃？吃的內容是什麼？雖然我教英文，但我讓學生跟農夫一樣種菜，我們一起到超市挑選種子，了解目前可以播種的菜類，夏天何時可以收成？如果暑假要收成，我們應該三、四月就要播種，這樣七、八月才可收成。

接著我們繼續研究哪些菜可以搭配，根據菜性種類有冷熱性質，進而了解中國藥膳中提到的觀念。每年學生都必須要學種菜，有求生的能力，也許你會認爲在二十一世紀的今天沒有必要這樣做，但我們生活周遭有太多東西因爲便宜以至於到處都是垃圾食物，我要確定不給學生吃垃圾食物，再加上經費有限，我們更要自給自足。

在我所受的教師訓練中，華德福教育以教師的品質爲先，**教師的品質第一優先順位就是教師要能自修**。

我到英國，唸藝術治療是我第一個目標，可是在唸之前我發現我需要先了解自己的缺陷在哪裡，**我必須先有自療力，然後才能對別人有治療力**。過去我們有被治療的經驗，但來到異國碰到許多不順遂的事情，遇到衝突不適應的狀況，我只能自療，而自療最好的方式就是自嘲。這個過程需要很長一段時間的體驗與摸索，**當你有幽默，你就有自療的能力**。

人智教育的概念與想法讓我對學生的靈魂與腦袋在對話。我觀察學生的行爲時，需要了解他們下一步的思想是什麼？我才可以來處理學生的行爲。

小時候在垃圾桶旁邊一邊吃西瓜一邊掉眼淚的經驗，我知道我被處罰，但如果老師當時能夠了解我的想法，應該就不會處罰我。

我相信行爲都是有程序的，那是一個身心靈的歷程。

藥草學：哈利波特是一種職業

到目前爲止，我談的教學經驗裡還沒有觸及到特殊教育這個範圍，在這裡我想分享一下在這個領域中我個人的一點體會。

其實作爲一個老師，不論是體力還是精神壓力的負擔都很大。學生有沒有進步？考試的成績有沒有通過？就算是一個不怎麼關心學生的老師，在工作上的壓力仍然不可避免，身體上的毛病比較可以看得到，但是長期心靈上、精神上的修養有時是被忽略的。

我在英國學藥草學，一開始的動機完全在於萬一自己在異地有些小感冒，或身體不舒服可以透過藥草學來自療。喝什麼茶可以提神養氣？喝什麼茶可以幫助消化睡眠？但是當我接觸之後發現一大堆藥草名連寫成中文都完全不了解何況是英文。對藥草學的興趣把我帶進另一個領域，我長途跋涉到希臘的香草島住了兩三天，帶著書比照圖片，把大包小包已經乾燥的藥草放在行李箱帶回英國，入境時還曾被懷疑是攜帶大麻。

我在碩士課程裡有多選修了特殊教育的課程，寒暑假我的工作是針對有多重障礙的學生設計的藝術與生活機能的課。在寫教案的時候，我發現自己像是個有魔法的巫婆，每一張教案像是編寫魔術。譬如我會把食療法放進對學生的觀察裡，有些自殘現象的學生我把藥草精油塗抹在手上讓他們嗅聞，他們只要一聞到精神上就會有安定的效果，那個味道出現他們就知道是我。在我的教室裡，我喜歡所有的人一起動手做，但是面對這些特殊的孩子，需要有醫護人員陪在身邊，即使如此我也希望可以找出方法讓他們參與。如果他們跟我在一起的時間也能夠有任何一點的學習成果，那就是我把藝術傳達在生活裡能夠實踐。

每個老師都有能力去創造魔法式的學習，而這個魔法包括使用多元的教材及教具，還有對感官的敏銳，跟學習的人一起克服難關。

我在我的教室佈置一個小小的噴泉，這個噴泉在學生寫作文時，我會加精油讓教室充滿安定芬芳的氣氛，讓學生的精神放鬆，他們正在創作與思考，精神當然不能緊繃，學習爲什麼一定要繃緊神經呢？學習爲什麼一定要像打仗一樣呢？我們可以在語言當中享受語言的SPA，我們每個人都是哈利波特，可以創造奇蹟。

在我看來，每個學生都是未來的奇蹟，當他們說不可能完成時，我會問，爲什麼？你們來兩個月每個人都已經可以上台發言不會害羞了，只要給自己五年的時間，你們都可以大學畢業，因爲我現在就開始施一個魔法，你信不信呢？

整體語言教育教學法

如果我問學生，英文要怎麼學？學生會回答：聽說讀寫。但你沒有字彙你沒辦法寫，你沒有文法也無法寫。

這裡要談的整體語言教學，是我們用一個主題來學習英文。

如果主題是攝影，我要讓學生用攝影來記錄我們居住的社區，在社區裡有什麼商店？有什麼餐館？餐館賣什麼菜？每道菜多少錢？把這些觀察都拍下來，接著從其中挑選成爲教學的另一個主題，觀察食的文化，從披薩、日本料理等等當中去了解每樣食物文化，食材如何選擇？材料要去哪裡買？然後會發現在這個過程中哪些學生喜歡煮菜、哪些學生喜歡買東西、哪些學生還會殺價，從這裡每個人的特長與特質就會展現出來，哪些學生有主導性便可以鼓勵其成爲領導者，以我自己的經驗，**在學習的過程中如果擁有一個領導者的特質，就比較能夠成為一個主動的學習者**。

整體學習最大的特點是把書本跟讀者的關係、教室的關係、社區國家世界的關係連結在一起，一個老師如何將這三者的關係連結在教學上？

我的英文課在街上，我們邊走邊吃，一邊講歷史一邊品嚐紐約各族群的小吃，每次吃不一樣的東西，我們就可以領會到不一樣的歷史；我們在蘇活區從建築看紐約移民的腳步，在紐約大學附近，跟著大學生進出他們的餐飲店，到唐人街跟著大家擠超級市場。

我的英文課在博物館、美術館、圖書館，利用當地社區的環境所成立的機構，然後串連到教科書上。**知識要有黏性，就要從生活上著手**。不同的手法傳遞相連的知識，像是給牆上色一樣，每次上一次油漆，顏色就能夠再加深一次。

在我的學習歷程中有些東西是短暫的，爲了要應付在生活上的需要，學做菜研發菜色、學泡茶、學當導遊，我記得有一年在英國有一團三十五個來自台灣的老師，來歐洲九日遊要跑十八個國家，需要一個導遊，我利用這個機會當翻譯，我帶了好幾本書還有資料，即使我人在國外，但是很多觀光的景點我連去都沒去過，帶團之後我們到了威爾斯，我開始查地名的由來、歷史的由來，到了愛爾蘭喝健力士啤酒，到了柏林看柏林圍牆……這些老師也都是出國蒐集資料準備帶回去跟學生分享，我這次短暫的導遊方式，必須在很短的時間內準備，但是之後的學習是爲了持久性的狀態存在，不但需要耐力更需要體力。

你在教室面對學生，大家就是一個整體，你可能會用上十幾種課本，可能會使用十幾種教具，講到食物，會串聯到家政課、數學課、化學課，英文這一科不是獨立可以成爲一個單元，不只我們學英文，所有的外國人也都在學英文，就好像我們的中文一樣用在各種不同的科目當中，你看中文怎麼存在，英文就怎麼存在，轉換一個態度來看英文學習，你對學習的重點就更清楚了。

Chapter 6
學習作業

主題1：我決定我自己的未來

筱薇老師說明：

If it is to be,it is up to me.（我決定我自己的未來）
這是一句很有名的名言，每個字都只有兩個字母。

英文的“it”可以代替的項目很多，這句話可以用得很廣。

If “success” is to be, it is up to me.成功在於我
If “happiness” is to be, it is up to me.幸福在於我
來寫下你要決定的自己，找個it的代言名詞，填寫你要做的你。

學習作業：

If__________to be, it is up to me.
If__________to be, it is up to me.
If__________to be, it is up to me.
If__________to be, it is up to me.
If__________to be, it is up to me.

繪圖◎Valente Leal

※「ipower」筱薇的學生設計的公司logo

主題2：世界大不同的研究發展（Déjà vu）

※Déjà vu：對事件或經驗有經歷過的印象，有似曾相識之感。

筱薇老師說明：

在台灣就算沒有走透透，也有認識的人從不同的縣市來，大部分的時候，因為跟人、事、物的互動，常常讓我有Déjà vu的感覺，過去的經驗常常會換個方式、地方、或時間回來找我練習。

世界的確大不同，我在台灣生活的體驗，用在我海外的學習裡，有的經驗被複習、有的認識被修改，更有的改寫我的刻板價值，Déjà vu也變成了我到處做研究發展的技術之一，從體驗裡發現自我價值慢慢成型，同時反覆比較、思考、評量保有一個有彈性的價值塑造，而不是盲目的追隨。

請看下一頁學習作業示範。

▶示範Déjà vu：

去了埔心農場才知道牛奶不是水牛生產的。記得那時牛奶是舶來品價位，媽媽久久買一次給我們喝，自己都沒喝，現在在國外反而大家流行喝豆漿。兒時的豆漿現今是歐美的舶來品。

很久很久以前，一個星期日，在公館撿了一個剛到台灣兩天的法國人，找不到地方住，沒有台幣，我跟他到銀樓換美金，再到KFC找到兩個美國人問了青年旅館。多年之後我在Orkney Island被一群漁夫撿到，四處幫我打電話找地方住，告訴酒吧老闆要記得煮我的晚餐。

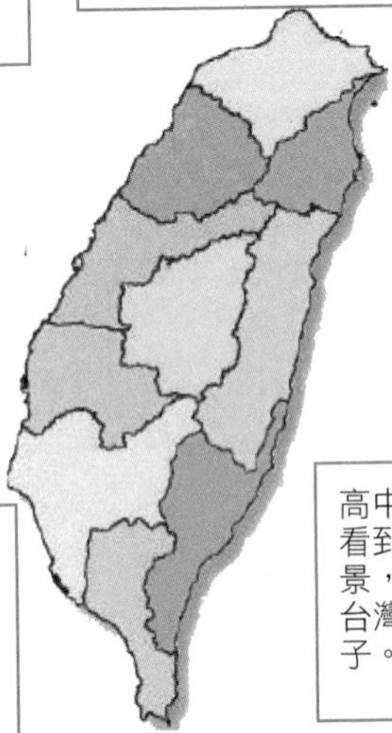

在頭城的農家幫倒忙。幫忙割稻子、曬稻子，多年之後在德國的農家朋友那裡學擠牛奶，回想起在稻田的經驗，發現不管在哪，農事我只有興趣當個觀光客，蜻蜓點水經驗一番。

在東海大學的路思義教堂目睹了建築設計的美，貝聿銘I.M.Pei華裔建築師，巴黎羅浮宮再度想起台灣也是世界的地標。

高中的時候跟同學自助旅行到溪頭，看到了一群群鴿子也是我們拍照的背景，在英國的國家藝廊前發現了一群台灣觀光客興奮的指著滿地啄食的鴿子。

跟著救國團到了嘉義的小瑞士，領隊說因為這裡像瑞士一樣有針葉林有好水在畔，到了歐洲都在找這樣的小瑞士，台灣的美不是複製的，她自己很美不需要像瑞士。

有天招兵買馬要去中橫，只有一個蘇格蘭人願意跟我去健行中橫，快到太魯閣，她走不動了，我們攔了一部泥灌車搭便車，作弊的完成我們的健行。

在台灣鹽田區做田野調查，發現了台灣傳統技藝——剪貼。還有辛苦的養蚵人家。

德國朋友被誤認為美國人，他決定帶著世界地圖，區分不是所有的白人都是美國人也不是所有的黑人都是非洲來的。

兒童教育的任期內，需要帶著外籍老師出差，逛夜市做國民外交，臭豆腐是人間美味，站在攤位旁邊，這個美國老師馬上在臭水溝旁大吐。

▶ 來寫下你的Déjà vu：

花些時間找出一些過去的經驗，至今你還記得的，可能是你認識的人，也可能是發生過的事，跟著你印象的足跡遊台灣，記錄過去哪些經驗？你在何時、何地再想起過？

幾年前……

曾經在……

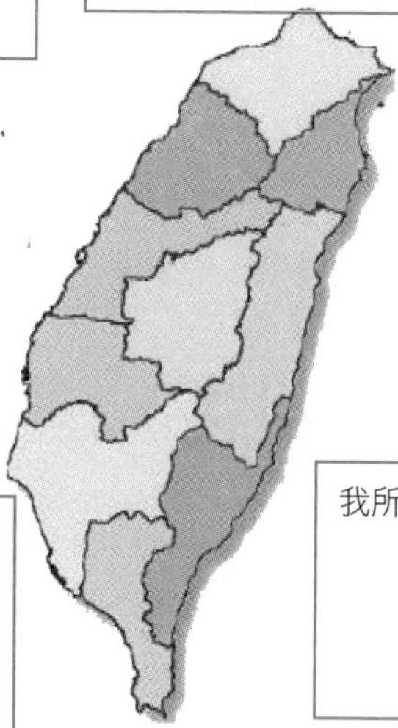

到一個地方的時候……

記得……

我所感動的……

我知道的……

我所思念的……

我所接觸的……

我所認識的……

我的印象……

＊若空格太小，請影印放大填寫。

主題3：心動就要馬上行動

筱薇老師說明：

Hello~~這個字全世界通用，用這個字來找志同道合的朋友，跟你一起學或是一起分享一些經驗，可以是一起打毛線、學攝影或是一起學習語言。

找個時間或地點，在社區貼個小廣告。
找個場地，可以是街角的咖啡廳、圖書館，或者公園，訂好時間、地點。
也可以開個新的e-mail，作為聯絡的方式。

活動組織能力，用到很多我們既有的經驗，多元智慧的開發要身體力行！

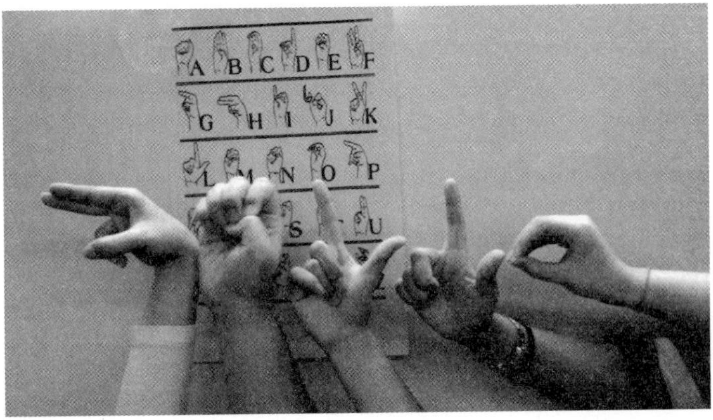

學習作業：

Q：你要一起分享什麼學習內容？
A：______________________________

Q：想要如何開始呼朋引伴？
A：______________________________

Q：要怎樣開始找一個地方？
A：______________________________

Q：什麼時候開始招生？找志同道合的人。
A：______________________________

Q：有沒有年紀或經驗上的限制？
A：______________________________

Chapter 7

學習法7：愛護=分享+參與

我的分享不是因為我事業有成而分享，
我的分享是因為我參與其中而跟你分享。

Chapter07

愛護=分享+參與

A loving heart is the beginning of all knowledge.
——Thomas Carlyle

愛心是一切知識的開始。——湯瑪斯　卡萊爾

學習找到自己

細想我「教學」的歷程，過去年輕時，只要學生說懂就好，當時我可能也不是很清楚「懂」背後的意義；但現在我有一些責任，我要確定學生能夠成爲對社會有理想、抱負的年輕人。不管我在美國、英國、印度、秘魯，只要我是一個教育工作者，這個社會責任不會因爲國家不同而改變。

也許因爲社會的差異讓需求有所不同，如同英文在每個國家可以察覺凌亂式拼湊的蛛絲馬跡，尤其是台灣，有日文、廣東話、客家話、閩南語、原住民語，語言非常多采多姿豐富，每個台灣人都至少會兩種語言以上，硬要以英文爲標準評量我認爲太嚴苛。以前我也會批評台灣的教育要改革、要變，但現在我更看重與珍視過程的方向是否正確，

或者是否有更好的方式。

很多美國人把我當成英國人，因爲我英文的口音、用詞遣字、我的行爲習慣，他們看到熟悉的英國在我身上，但對我是台灣的印象就很陌生。可是我自己的定位是什麼呢？我如何看待自己？我從哪裡來？我的角色是什麼？

社會化不是同化

台灣的父母給孩子學習很多東西，英文、珠算、鋼琴、小提琴、畫畫……加上學校的學習科目，小孩非常忙碌，每天時間排滿滿。我聽到朋友讓她的孩子學習管樂器中最長的長號時，更知道很多媽媽們爲了孩子的教養問題其實處在瘋狂焦慮的階段。選擇了一個樂器比孩子還高，小孩還得站上椅子才能吹得到那管樂器，理由是朋友聽從老師的建議，因爲小孩的成績不理想不能學鋼琴，長號學的人比較少，現在學也許將來有機會進音樂系……於是我們看到一個畫面是小女孩站在椅子上吃力吹著長號……另一個家庭，媽媽是台灣人愛台灣，爸爸是英國人想回英國，他們把小孩帶到加拿大，當所有小孩看棒球，每個人都幫台灣隊加油時，只有這個小孩爲加拿大隊加油，也許從某個角度來看，這個教育是滿成功的，他們讓小孩去找出自己的認同感。我的朋友希望教育出來的孩子不會是孤單的，能夠適應這個社會，但也不希望容易被洗腦，是獨立但不孤僻。

在我工作的場所，有一個學生在辦公室實習，他走進辦公室想找一支筆，但沒有跟任何人告知一聲的情況下，拿起某個老師桌上的筆，就走出辦公室。一位老師看他走進來又走出去，想他一定有拿了什麼，於是老師把學生叫回來問他拿了什麼？學生說因爲看到大家都在忙所以沒有問就拿了……老師對他說，不管你拿了什麼都要問。

這些孩子都是十幾二十歲，一支筆也許只是個小東西，實習的學生說，其他人都這樣……重點是如果其他同學都這樣，那他們無法在辦公室實習，**了解辦公室的過程也就是社會化的過程**，我這裡說的**社會化是去了解社會的共同語言是什麼**，當實習的同學說：「其他同學都這樣」，那是一個同化的過程，而欠缺了自己堅持的原則。

我記得在台灣教四、五歲年紀的學生時，當我問誰知道太陽的顏色？每個人不管自己知不知道答案全部舉手搶著回答，藍色、綠色、黃色、黑色、紅色什麼答案都有，還有學生舉手回答我不知道，他們認爲「我不知道」也是一個答案，那種**參與的感覺非常重要**，其實**學習者的思考是獨立的**，也不想被類別化。

青少年階段的學生會告訴我，在家裡爸媽都這樣，爲什麼我不能這樣做？當我在社會上工作，跟同事之間的相處，社規跟家規就是不一樣，我在家裡丟垃圾可以等一下再收拾，但是在公共場所如果我製造的垃圾等一下再收拾就會造成其他人的困擾。走出自己的家就走進了社會，所以大家要遵守社會的習慣，而我的教育就是學生的維他命，讓他們自己可以辨別是非。

我有一個十五歲的學生，他是個被司法單位監控的青少年，只要再犯法，可能就要送少年監獄服刑，我的工作雖然是教他英文，但同時我也教他不要給自己找麻煩，我用社會化的群體力量，一種合作的學習關係，讓同學關心他，當他知道大家關心他，下課之後他們會一起約去動物園。我的維他命是內建式的精神維他命，我不說精神食糧，因為**青少年在進入成年階段，不是給他們精神食糧，而是指引方向尋找精神食糧**。好像我在種絲瓜，必須架設好支架，它們可以往任何方向攀沿，但我必須確定他們的價值與目標，讓他們學習如何克服困難，而可以不像汪洋中的一條船，漂泊不定。

教室的規矩，來自各個國家的學生程度不一、家庭背景也不一，我會先將學生分組，很多在家排行老大的學生很自然的包容其他會計較、個性比較衝的學生。另外我經過學生的同意選擇他的故事來與大家分享，一個月後，其他學生慢慢會發現生活環境有很多樣，自己並不是最差的，也能夠慢慢講到自己加入幫派的經驗等等……作為一個老師，需要教育多久，才能讓學生在非常有安全感的狀況下說出自己的心裡話？

在教室裡，有些狀況也是你無法預料的，有的同學平常玩在一起，但也有打起來的時候，就在我去上廁所的五分鐘之內，可能就會有衝突發生，但是他們打完之後又坐回原位像沒事一樣，因爲他們不想讓我知道他們打過架……對我來說，這是一個奇怪的動力，爲什麼說奇怪呢？因爲在教室裡我竟然代表了維持秩序的標準，我變成是這個教室的執法者，如果讓我知道他們打起來，我會傷心、失望，他們希望維持我對他們的尊重，原來我的處罰不需要用藤條來體罰，**原來我對他們失望就是最嚴重的懲罰**。

有個學生，當我問他叫什麼名字，他的回答經常就是聲音含在嘴巴裡，隨便發出一個誰也聽不清楚的聲音，我請他再說一次時他還是一樣的回答，我就追問你的名字叫John，還是Johny？他就會開始糾正我他的名字發音。

我想我可以讓這個學生整堂課繼續嗯喔啊不清楚的發音下去不管他，我也可以生氣拿起教鞭修理體罰他，他坐也不坐好，問他問題還要走到他旁邊，整堂課很酷的樣子，彷彿就像說：「我根本不想在這裡！」但我知道我不用提醒他，他明白如果他不來上課後果就是到少年監獄去報到，他同樣在社會化的過程，但是這個社會化是被逼迫的。

有些成年人沒有辦法適應朋友關係，只要自己能夠取悅自己就好，時下很流行的說法叫宅男宅女；在工作上沒有辦法適應辦公室的互動，成爲在家工作，甚而成爲繭居族。我發現要**社**

會化必須先防止被同化。在同化過程才會出現打架、言語威脅，因爲你不服從我的意見，你跟我不同國……也不能因爲恐懼這些衝突就自我孤立，要找出方法面對，所以我告訴學生如果彼此出言不遜，**我的處罰方式就是要互相去抱對方**，你們用語言挑釁多久就要抱多久，那幾個利用我上廁所打了五分鐘架的學生，他們至少要抱在一起五分鐘，作爲懲罰……結果會變成如何呢？最後竟然發現大家笑成一團，本來很火爆的大男生竟然要互相擁抱，全班覺得很好笑，他們原來以爲自己很酷，互相擁抱的處罰好像他們的行爲很幼稚……很愚笨，怎麼變得像小丑一樣，連他們自己都覺得好笑……**我在處罰當中加了一點幽默，讓他們體會自尊心上的落差，但我不譏諷，不嘲笑**。

可是有的學生說話的方式非常衝，這時我選擇用同樣的態度來回應，結果本來很快樂的教室氣氛，一下子空氣凝結，變得安靜死寂……我讓學生明白有很多選擇可以用不同的方式來解決衝突，每個人的情緒都會有波動，也會互相影響，我生氣的原因是因爲他無法收斂自己，我也有無法控制自己的時候，但我必須要學習收斂，否則教室裡原來的笑聲會消失，氣氛會變得恐懼或更氣憤，我一定要讓學生知道，你願意選擇哪一種？充滿笑聲？還是一片恐慌或氣憤填膺？

EQ：溝通是在對的時候掉淚

很多人的iPod或者MP3裡下載了很多感情豐富的歌曲，很少有人會去下載一場演講，或者有聲書講故事，我們大部分的時間，都是在一個情緒的環境中。但在課堂上的五、六個小時，我們的情緒是完全沒有學習的，我們的課程溝通與互動是冷的，好像只是在做交易一樣。小學時我是全班五十九名，沒有人跟我說話，能夠說話的好像只有第六十名那個同學，那有多孤單呢？

在我的教室裡，我花了很多時間來營造EQ。

而EQ是什麼？對我來說，是有情感的溝通。

我看到EQ裡非常傳統的方式是妯娌們搬個小板凳在庭院剝豆莢，小孩在旁邊奔跑遊戲，妯娌們自然而然說話聊天。

我到德國四處旅行，四處教書，有一次到鄉下郊區的學校，教藝術史約三個星期，剛到學校時看見男女同學坐在一起，他們一邊編籃子，一邊聊天說話，大家是和樂的，看我一到就急忙的搬個椅子，歡迎我加入。

在英國社區裡學非洲舞，大家的互動很像台灣早上一群人聚在一起練氣功跳土風舞之類，彼此會說一些社區的訊息，聽到一些故事。有一次我爸去爬山碰上小時候幫我看病的小兒科醫生，醫生說看了聯合報的得獎報導，他把新聞剪下來貼在我的病歷表上……

這些情感上的表達都是EQ的內容。

而**EQ要成長，要懂得規劃情緒**。

當每個人手中一邊編織籃子，一邊聊天；或者一邊跳舞，一邊互相交換情報，都是利用生活的空檔，學生在學校上課下課，對於中間下課的十分鐘，我們從來不會去規劃每天十分鐘可以一邊談談心一邊用手做哪些事？

每個人每年新的開始都會有新計畫，但有時候**每年的新計畫都一樣多，可是沒有一樣做到，原因在於你的EQ沒有成長，你的新計畫是「需要」在取捨？還是「喜好」在取捨？**

EQ對我來說，在**對的時間說對的話，做對的決定，反映正確的情緒**。

我承認我是一個會哭的老師。但眼淚不是我的武器，我讓學生知道我的情緒，我的難過。

在英國，我帶的四年級班裡有個十歲的小男孩，他已經換了五個寄宿家庭，準備要再換第六個寄宿家庭，當然他非常皮，也有很多行爲偏差問題，每次換家庭的原因都是他被討厭，這樣的孩子他的感覺會是什麼呢？五次下來，他完全沒有被愛的能力，因爲他的感情已經受傷了。因爲我要離職，我的離開對他也可能感覺被遺棄。

中午休息時，我請他進來辦公室。這樣的孩子，我相信他的情緒上已經成長到一個地步，並非英文只學幾個字，EQ的程度也低，不是的，他的生活換了那麼多寄宿家庭，他也知道每一個人都不是他的父母親，他要去適應生命中的許多變化卻還能活蹦亂跳，這一點讓我很佩服；但我知道他是受傷的，是有欠缺的。我問他，如果要換下一個寄宿家庭，那會是你嗎？如果有人說不喜歡，那也會是你嗎？我告訴他，我很難過，因爲他每次被拒絕一次，就會否定自己一次，那個自我的存在，會變得越來越渺小，他現在是十歲，每被拒絕否定一次，就變成九歲、八歲、七歲……我哭了……他看見我哭，有點意外，我請他抱抱我，他給了我一個擁抱……

後來當我要離開學校時，最後一次上課黑板上寫著：楊老師，再見。我的抽屜裡有一張全班寫的卡片，我知道策劃活動的人就是這個小男孩。

有些人會說上班掉淚、老師上課掉淚，不專業，但我要讓學生知道我的感覺，如果這個感覺是真誠的，**我希望誠懇面對感覺，我們才可以從真誠開始！**

同情和移情：從知道到了解

每次我在開會時，我的發言常常是，我們，我們，我們……

我沒有辦法忽視學生面對的困難，因爲他們的問題就是我的問題。他們需要福利、他們需要繼續唸書，否則沒有學生我要教誰呢？我教學生英文，也教育學生權利義務責任，我們是彼此的戰友，要一同上戰場打仗，如此我們在一起學習的動力就更強。在學習英文上，很多老師用同情的態度在教書，因爲學生不懂只有老師懂，當知識傳遞時，老師的手是向上，學生的手向下，是施與受，但我想**發揮同理心，我跟學生是手牽手**。

我也用**同理心來打造環境**。

學生們一起花時間開會，每個人分配工作；心情不好時，也一起去打球看電影，你會看到中國來的小女生帶著一群大男生去市場買菜，他們不想被同情所以一起解決我們吃飯的問題。學校沒有給經費，難道就什麼事都不能做嗎？我們繼續維持每個星期去擺攤子，販賣我們的手工產品，幾個月後我們才可以辦個海邊的活動，帶全班一起坐火車……**同理心讓大家在了解知識的過程中，沒有誰施，也沒有誰受？因為我們是手牽手**。

學生當中有同樣來自回教國家，但每次都因爲文化與宗教吵架吵得滿天怒吼，遇到這種情況我就對他們說，雖然信仰宗教不同，但有一樣是相同的，就是你們都不吃豬肉……同學聽了也覺得有道理，我要他們找一個方式可以互相容忍、互相幫助、和平相處。他們彼此仇視都是大人教的，我的工作就是讓他們發現新的看法，於是每天要訂便當時，我會問誰不吃豬肉，然後其中一個回教同學會去統計人數回報給我，這就是同理心的營造，因為他們都不吃豬肉，**只要他們彼此知道有這個名單的存在，就表示他們沒有忘記對方，與仇恨漸漸疏離**。

當初我在台灣學習英文時，是知道很多，了解很少。後來我試著去了解之後，發現過去「知道」的東西是死的，**如何讓死的東西活起來，就是從日常生活中去了解，也就是同情與同理心之間的差別**。一個句子英翻中你就「知道」意思，但你知道之後用在哪裡才是「了解」，去看例句，是第一步的了解，從例句再去看對話，是第二步的了解。

同情是人與人相處的動力；但同理心的移情作用會帶動改變。

同情的態度是我雖然沒有這個感覺，但你有問題我分一點關心給你，但若我同情你，我便什麼都可以不用做，因為我正在做的事情就是同情你，**同情是一個靜態的詞彙**；同理心是你有這個問題，同樣我也有這個問題，我們的情感是相通的，**同理心是一個動態的詞彙**。

我想到自己到目前為止都不太會安慰人。

離開台灣之前我有個朋友夫妻經常吵架，當時我也才十八、九歲，怎麼懂得家家有本難唸的經，當時朋友太太生小孩在醫院，老實說對他們的婚姻狀況也不知道怎麼安慰，可是我燉雞湯讓老公帶去醫院給老婆，我在想如果我對他們的婚姻關心的話，應該要**化作行動**，也許這個老公不清楚怎麼表達對老婆的愛，但是我想這個拿雞湯的動作應該可以讓老婆感受到先生對她的關心。

合作學習：你知我知他知

在這個段落裡我要談的是合作學習。

A加B等於A&B，就是兩個人，有A，但沒有B，就不會有答案。

我認爲合作學習是三個臭皮匠勝過一個諸葛亮。但你不是把一群學生放在一起他們就會自動互相合作，老師要營造合作學習的內容才能夠讓他們達到共同的目標。

我出了一個題目：請用棉花棒做出一個最高的塔。

三個人一組，分成七、八組之後，限時三十分鐘，如何讓一百支牙籤跟三十個棉花糖排出一座高塔？而且這個塔是可以移動不是固定的。這個題目的合作學習裡包括了競爭力、向心力、溝通力。但這個合作學習會有一個缺點，如果我讓學生分組去買菜，往往會是英文能力最好的人負責大部分的工作，因此我必須先知道他們的分工之後才能夠去執行合作學習的項目。

我又出了一個題目：去海邊。

大家要開會討論有多少人參加？需要多少預算？上網查詢海邊的地點？每一個組別要負責哪些項目？每個學生在這個合作學習中，必須放棄個人主義，大家想辦法來互相配合，有的學生出現一些行爲問題，其他學生就會制止，從個人行爲的摩擦中找出和平的方式，由我幫他們協調，協助他們找出自己的價值認同。

有一組學生單單晚了五分鐘，所有學生便開始打電話催促，遲到的那組人他們買的是水，他們故意選了最簡單的英文單字，不用講什麼英文但他們提得最重才遲到；另一組學生的錢花完了，其他還有剩錢的學生會把錢分給花完的那一組，這種團隊性的工作就需要群體的協調、同理心，跟群體認同。

我再出一個題目：逛超市。

我們有不同社區代表，像中國小孩在法拉聖唐人街，拉丁裔住在哈林區，中亞來的住在皇后區……我先示範到我住的社區帶學生逛超市，之後蘇聯來的同學用同樣的方式帶我們介紹了她住的社區的超級市場，特別指出這裡的超級市場最有名的是火腿，我給他們五十塊，讓他們買只有這個地方才可以買的東西，我們可以帶去海邊吃。於是每個學生只要看不懂的食物就會問那個蘇聯學生叫什麼？

合作關係是由一個人來主導帶領，大家一起制定一個目標，然後團結一致的到達目的地。

其中有個脾氣火爆的學生，我也給他一個工作就是每到一個地方他都要清點人數，結果我發現每次停下來我一回頭就會看見他在數人，合作關係裡每個人都有該做的工作，而我也是在其中被帶著跑。**每到一個新地方，我們所學習到的知識是共享的。**

成家立業之後，你還能夠分享與參與嗎？

以前我覺得自己很瀟灑，帶個大包包，從這個國家漂流到另一個國家，但是現在我放下包包，即使我在外面漂流，但我有一個家可以回去，台灣有一個家，美國有一個家，英國有一個家。我到處漂流的結果是因爲我有那麼多家，別人看我好像在漂流，但我是回家。將來我去印度，去秘魯，都能有一個家。

今年十月我的生日，我給學生出了一個題目：儲水機。

這個活動就是他們送給我的生日禮物，不可以花錢，要廢物利用，我上網爲他們蒐集了資料，如何用寶特瓶來進行水耕，他們要教育來參與這個儲水機活動的人，告訴他們如何儲水，接著從社區慢慢發展出去，讓大家注意到這個地球環境的問題……

我帶學生到餐館吃飯，學生中不管講西班牙文、希臘文，不管膚色是黑是白，他們都跟著我吃我們在教室裡煮的菜，很多人笑我，我繁衍的下一代，不管口味、穿著都跟我一模一樣，其實不是的，我只是增加他們選擇的機會，因爲我們是獨家口味。

我現在已經到了成家立業的年齡，但我比較在意的是自我的成長，**我害怕自己在這個階段自以為是，每天我都需要更多的自我審查**，有一天我把自己裹在毯子裡，假想自己是一個漢堡，我希望能夠用不同的角度與觀點來看自己，讓自己保有彈性，而這個彈性是隨著年紀的增長，皮膚的鬆弛，唯一不會失去的成長彈性。

這一章一開始，關於我自己的定位？我從哪裡來？我如何看待自己？其實我們每天都要爲自己找定位，讓明天的我更接近今天的我，讓後天、大後天，以及未來的天天都往前更接近那個眞正的我。

我的分享不是因為我事業有成而分享，我的分享是因為我參與其中而跟你分享。每天我所提醒自己的部分，都願意跟你分享，直到目前爲止，我也還在社會化的過程，所以這第七章是ING，進行式的一個章節。不會有結論，還要繼續發展分享與參與。

Chapter 7
學習作業

愛心是一切知識的開始
A loving heart is the beginning of all knowledge
- Thomas Carlyle

主題1：字母詩

筱薇老師說明：

人與人之間來來去去的交集過程裡，都有讓人印象深刻的枝枝節節，有些人我們歸類為貴人，有些人我們會作為借鏡，我常常會花點時間回想我跟其他人的交會之中，他們在我生命裡的影響，做我的督導、給我助力，跟我一起歡笑一起流淚，常常當我在街上停留時，公車上寧靜的片刻，我會拿張紙寫下過往的人，化成隻字片語，在我的腦海裡跟我一起開Party。

▶ 示範：

Life in Alphabets

Angel、Anita、Anya、Amery永遠的啦啦隊
Baobao執子之手
Cecilio、Cherry我學到了真心誠意
Dani、Daisy、典、Daniel展現了堅持的美麗與韌性
Ellen提得起放得下
Family：Mom、Dad、Jerry and Mei讓我學會愛護與支持
Gelenda英國獨立生活的第一站
Haimei & Haocheng欣賞美麗的錯誤
Iris & Ivy感動
Joel、My left hand.
Ken行行出狀元
Li有三個，教會我放手
Mohtar跟著你學做一家之主
Natalia分享你的熱情
Olivia學得快，跑得快
Paiyua學習到你的不放棄
Qing太早放棄你
Rong有兩個，奮勇的戰士
Siwei走下去
Teresa and Joseph忙碌中，找出時間關心
Uta難忘的擠牛奶經驗
Vanette教我做自己
Weijei我的舵
Xavier跟你學習體諒
Yoyo下次高速公路我們在擦車而過時，請不要開心的看著老師，要看路
Zeta，High Five
May Fabiola rest in peace.

▶ 學習作業：關於你的字母詩

A

B

C

D

E

F

G

H

I

J

K

L

M

N

O

P

Q

R

S

T

U

V

W

X

Y

Z

主題2：學習情緒的正負之間

筱薇老師說明：

學習裡少不了感性，每次讀的書唸的詩，都讓我情緒起起伏伏，在學校裡學習的過程，總離不開成績好壞、答案對錯，這些都讓我們的情緒不安穩，情緒的交錯也有能量上的差異。

找出16個表情，一一放在下表中的表情旁邊。

數字代表情緒影響下的能量，這是參考情緒振動起伏表格簡化出來的。
情緒是力量，情感是能夠推動往前走也能走出傷痛。負面的情緒消耗我們的能量；正面的情緒讓我們發現生活的驚喜，如果我們能夠學習了解自己的情緒，調整感情的能量再出發，學習狀態良好，更能夠享受學習。

示範：

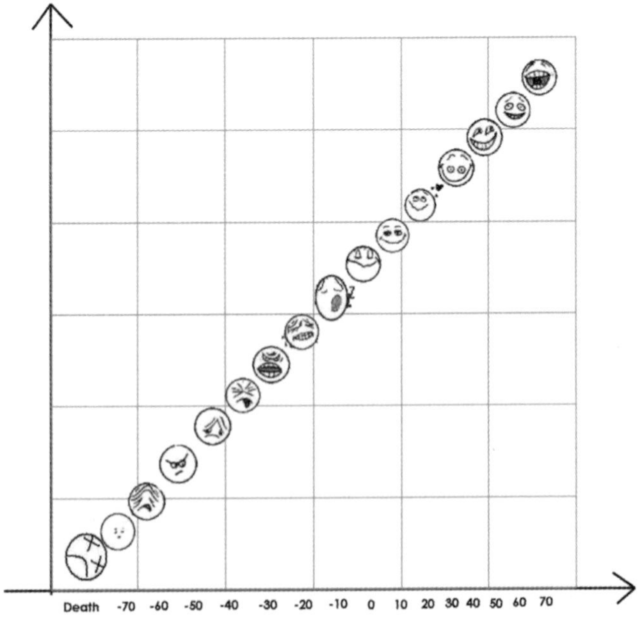

學習作業：為你的情緒畫表情

請在空白的座標圖上畫出16種情緒表情，或者更多……，你就會知道自己的情感起伏細節，也就能夠掌握自己的學習情緒是正面？還是負面？

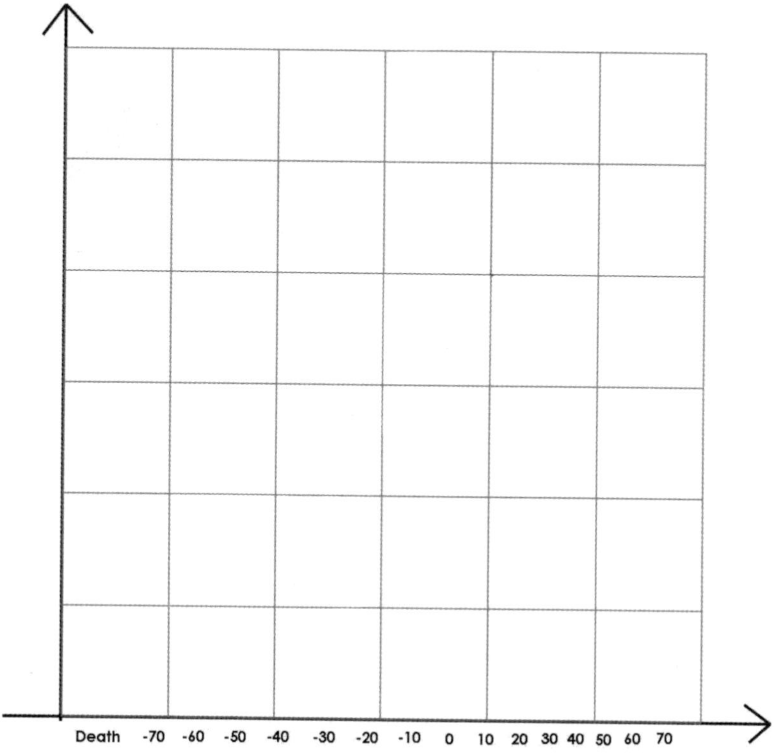

紐約時報頒獎的酒會上。

讓學生在美術館開課，製作手工書，可以寫日記，也可以當成藝術品。

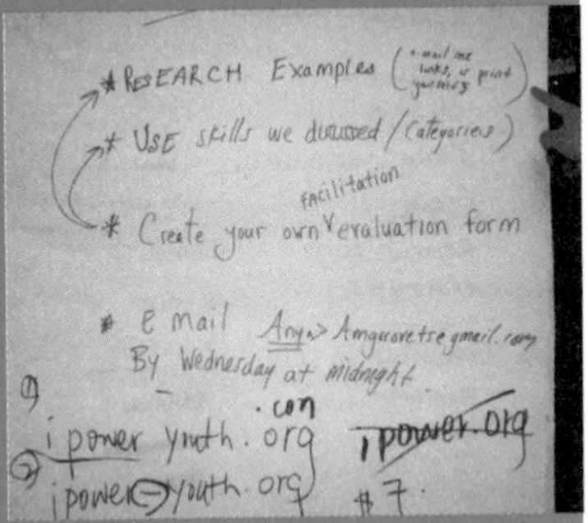

學生幹部會議，討論架設網頁的種種事情。

筱薇老師的紐約教室 實況轉播

學習法8：智慧=創造+解惑

有天突然意識到我在對自己說：「我無法做我自己，我無法通過必要的考試，我更不能到達我想要的目標。」
當下，我笑我自己呆，我至少可以學自己想學的。

I found myself saying：” I can’t be what I want to, I can’t pass the exams which I have to, I can’t reach where I want to.” I laughed at may silly self； at least I could learn what I want to.

智慧=創造+解惑

Life is an opportunity, benefit from it.
Life is beauty, admire it. Life is a dream, realize it.
Life is a challenge, meet it. Life is a duty, complete it.
Life is a game, play it. Life is a promise, fulfill it.
Life is sorrow, overcome it. Life is a song, sing it.
Life is a struggle, accept it. Life is a tragedy, confront it.
Life is an adventure, dare it. Life is luck, make it.
Life is too precious, do not destroy it.
Life is life, fight for it.—— Mother Teresa

生命是一個機會，從中受益。
生命是美麗，欣賞她。生活是一個夢想，實現她。
生活是一種挑戰，迎接她。生活是一種責任，完成她。
人生是一場遊戲，玩好她。生命是一種承諾，履行她。
生活是悲傷，去克服她。生命是一首歌曲，歌唱她。
生命是一場戰鬥，接受她。生命是一個悲劇，去面對她。
生命是一場冒險，挑戰她。生活是一種運氣，使用她。
生命太寶貴了，別毀了她。生活就是生命，爭取吧。
——德蕾莎修女

給自己一個新的機會，不給自己判死刑

人生當中會遇到許多問題，你都是用什麼心態來解決與面對？逃避？還是正面迎擊？或者問題解決了，但人際關係卻搞壞了？或者被問題困擾很久，一籌莫展，一蹶不振？

國小倒數第二名的我，一下課回家絕對不是躲在家裡，反而去招呼鄰居小孩異想天開另外組織了一個「學校」，是下課後的「學校」，在那個空間裡我得到自己創造的互動，不懂的問題可以在那裡跟大家一起解決。

國中碰到的瓶頸，不是前段班但也不是後段班，不過我努力當個掛在中段班的學生，積極在英文下功夫，英文的程度能夠讓我有比較多的選擇。

到了高中，選擇唸的科系雖然不是那麼喜歡，當時自己也搞不清楚究竟喜歡什麼，但我有一份堅持，就算再不喜歡或聽不懂，一定要從中找出可以娛樂自己的地方，參加朗讀、作文比賽是確定我可以做的，發現英文學得不夠，自己開始找補習班，想要創造機會來幫助自己去面對……

爲了上師範學院、爲了能夠適應英國的教育環境，我在英國的第一年就到處應徵當義工老師，一個在鄉村小巷亂跑的華人面孔，我天天出沒在學校、社區中心、醫院學校裡，很快就變

成「作秀」，大家都來看「外國人」。當我大學畢業，我已有了四年的教學經驗，在不同性質的教育環境。這些累積的經驗讓我在大學畢業就得到了教書工作。

寒暑假我在世界各地做「研究發展」也同時找出生存的樂趣，我在里茲的街頭賣出了我第一個印章；我在台南自辦英文師資訓練演講，來了整個幼稚園的老師跟園長；我在德國教了兩星期的文字與藝術，遊到愛爾蘭用中文來交換學手鼓。

到了碩士課程，我綜合我的教學經驗，跟一所社區大學以及一位中文教學研究生，開設了第一家中文教學師資訓練班，來因應當時中文師資的短缺。

在紐約，我開設了TKT（Teaching Knowledge Test）英語教師認證的課程，提供我們學校的義工老師進修的機會，所有訓練過的老師現今都在各地從事相關行業。

愛因斯坦說：「我不是聰明，我只是花比較多的時間解決問題。」

每一次當我碰到瓶頸，我會想辦法來解決問題，內在便因此得到成長、自信增加，對未來的選擇也更清楚，同時我能用教育來影響的人也越來越多。

高中畢業後確定自己就業的方向，把範圍鎖定在補習班，專走英文教學。不斷爲自己製造機會，學歷以及能力得到驗證，從一個補習班到另一個補習班、從櫃檯到教務。當時十七、八歲碰到生涯瓶頸，如果覺得就這樣被判死刑，會不甘心！所以我用解決問題的態度來面對，嘗試很多方式引導自己，**如果現在的你正被問題困擾著，請給自己一個新的機會，而不是給自己判死刑！**

決定出國唸書。在國外，當地的學校只有我一個外國學生，爲了讓大家知道我在說什麼，如果我只懂一千字，必須用這一千字再去生出另外一千字……在既有的單字裡非常有效率的再去創造更多，慢慢找出動力。我把過去在台灣解決問題的經驗，同樣放在國外的學習以及經營試驗的場所，早上老師教，下午教學生，現在教老師。

當時帶了一台筆記型電腦，介面全是中文，但在學校內的電腦介面是英文，一開始搞不清楚電腦鍵盤該按哪裡，可是當我冷靜想，只要記住就像在中文環境一樣來使用眼前的英文介面，我試著找出方式讓這兩個語言共同存在，雖然用的語言也許不一樣，但操作的行爲卻是可以相輔相成，這個過程我納入在我的師資訓練裡，有時我用中文有時用德文，讓老師們找出語言過渡的橋樑。

在我的經驗裡，很多同學跟老師認爲我來自台灣應該懂台灣文化，會寫書法或者跳傳統舞之類的，老師會建議我用佛教的理念或是水墨來做創作……在台灣我花很多時間讓英文進步，對文化的了解，在學習英文的過程中並無交集，我知道芭蕾舞該怎樣說，彈鋼琴如何表達，但是對拉二胡跟彩帶舞，這些名詞我一無所知，我必須去找出在我成長的過程裡順理成章的事，一個一個列單找出名稱或是了解步驟，然後以我的知識與身處的社會交流，放暑假回台灣找了端午節的由來，了解龍舟競賽、彩帶舞、包粽子，回到英國與當時的台灣同學會製作一個端午節特別節目在當地的電視台播出，我在解決問題的同時，也更了解自己的文化，並且對台灣的味道有更深一層的了解跟尊重。

在英國的工作生涯裡有一份工作是針對藝術工作者的文化傳遞，設計課程編制，當時英國政府的獎助資金轉型，藝術家在申請經費時，都要能夠在學校、社區、博物館或是藝廊，開設課程，講解創作理念，著重文化產業包裝與服務，很多各國旅英的藝術家，他們本身對語言跟教學都很陌生，對現狀的改變有很多無奈。我將我個人的體會跟教育的知識用在編制這個課程裡，有位哥倫比亞來的壁畫家，在短短六個月從羞澀的藝術家變身爲孩子王，設計的課程逐漸受重視，後來還被邀請到大學兼課。

前一章將成長過程中的迷思與失去做重整性了解，我的習慣就是不斷找出方法來解決問題，而**幽默，是非常好的方式**。

幽默是生命的發電器

有一回爸爸從台灣來看我，回去的時候我送他去機場，櫃檯小姐要他塡寫一張是否攜帶危險物品的清單，承辦的人一副撲克臉很嚴肅，搞得大家氣氛緊張，當她問有沒有攜帶尖銳的東西？我回答說有……小姐聽了更緊張，我爸也瞪了我一眼……可是我接著說，牙齒算不算尖銳的東西？沒想到這一說，大家都笑成一團，離別的依依不捨，嚴肅的問答，一下子都融化了。

在教室裡面我常用幽默的方式「玩」學生。

學英文大家認爲背單字很重要，可是不斷背不斷背，即使背起來但不會用也是白背，可是學生眞的很執著背單字。有一次我拿一支毛筆沾水和一只扇子，我在黑板上一邊寫一邊搧扇子，在單字乾之前，同學能抄多少就抄多少，結果看到全班拚命埋頭苦抄……結束之後我問大家，單字記起來了嗎？我看到有人寫得亂七八糟，還有人中途按摩抄得太快的手……別人看我對學生好像很殘酷，因爲我越搧扇子，他們抄得越激動。

從師資訓練的角度，老師們需要看到在學習上的效果，但被動的學習是沒有效果的，參與感是從學習裡面找出玩的動力，從參與度可以看出學習有沒有效果，老師需要在教室裡找出觀察學生的時間，用方法來驗證教學的內容是否被吸收，有的老師是戲劇出身，我建議老師用

「凍結的雕塑」活動，讓學生從一起擺出的姿勢來衍生動作可能發展的情節，發展出劇本寫作，學生積極的加入討論故事情節，沒有平常寫作時的痛不欲生。

就教室管理來說，學生在教室打架，我告訴他們打架的時候需要有裁判來評判誰輸誰贏，而我就是學生的裁判，所以我必須在現場，從此他們半年沒有打架……在教室裡的新老師們，第一就先責怪自己沒把學生教好，當我們換個角度從學生的背景來了解，這些新移民學生的成長環境可能發生很多衝突，不是爸媽吵架、就是單親離婚家庭，有很多沒有父母相伴，在教室情緒失控時，如果教室的管理人一來就是罵學生處罰肇事者，學生只會延續火爆的局面，**幽默是個化暴戾為祥和的處方**。

但幽默並不是扮小丑讓大家大笑，製造歡樂的氣氛。老師不是像綜藝節目裡面的主持人一樣，這樣幽默就變成一場打鬧，而是讓學生會心一笑，當他們自己找出答案時，臉上露出開心的微笑，**我的幽默是創造跟解惑**。我的教室常常充滿笑聲，通常是我笑得趴在地上，因爲我看學生即使犯錯也是很認眞的犯錯，是值得慶祝的，那表示他是經過思考，跟隨便應付你一個答案是不一樣的。

幽默是一個營造的方式，是一個歡樂的過程，如果每次上課學生緊張兮兮，花很多力氣責備自己不夠好時，學習的動力必定會減半。就像放風箏的時候，必須一放一收、拉拉扯扯才能夠讓風箏越飛越高。幽默也是一種彈性，笑一笑放自己一馬，而學習更是如此，因爲學習跟生命是分不開的，你不是在教室學習才叫學習，或者你不是因爲年紀大而不再學習，如果你找不出動力，當然就無法改變。學生吵鬧時，我做出請他們安靜凝聽的動作，然後問他們有沒有聽到任何聲音，我叫他們仔細聽，就會聽得到我心碎的聲音，這是我幽默的方式，也讓他們知道我的失望。在教師訓練的課程裡，我跟老師們回想教室裡愉悅的片段。例如在教鞋子的尺寸時，學生依照尺寸排成一行發現，很多嬌小的人穿的尺寸竟跟高大的人一樣，興奮的跟左右同學交換心得。

當生命給你一百個哭泣的理由，你要找出一千個微笑的理由，笑回去。我用這句話，作爲產生發電的動力，幽默讓你情緒轉個彎。遇到瓶頸，碰到問題，你有能力把頭轉開，給自己輕鬆的時間。

必要的時候一笑置之

有時候進出海關被提問一連串的問題：妳在教書嗎？在哪教書？教多久了？我的回答如果

慢了幾拍，他們就開始質疑我並不是在教書，因爲連在哪裡上班都回答不出來……但我馬上反問對方，如果坐了十八、九個小時的飛機之後還能腦袋清晰反應靈敏，那眞是太令人佩服，馬上海關就露出了理解的笑容。

生命的幽默就在於，我可以很生氣、懷疑，但我讓他知道我並沒有要欺騙，只要給我一點時間，而不是要去挑釁他，讓他生氣，如果硬碰硬，我的損失肯定會比任何人都大。

幾年前SARS蔓延時，那次從香港進出的旅客如果發燒都要先隔離，但我從美國到英國，卻也被隔離，另外一個從泰國進關被隔離的英國人很有經驗的告訴我，因爲我是華人面孔所以才被隔離。第二天到學校教書，因爲太疲累有點咳嗽，大家很緊張，堅持我從香港來，無論我怎麼解釋沒有人相信我跟香港一點關係都沒有……面對無知，掉頭走也是幽默！

必要的時候你必須一笑置之，不讓自己去面對集體性的無知。

當你一個單字背了五十遍還記不起來，可能要想想是否背單字的方法並不適合自己？我自己的自學經驗是找一些英文的猜謎遊戲來玩，譬如猜猜我是誰？我是平的？我是木頭或鐵做的？這樣簡單的猜謎幽默很可愛，答案很貼切，我不是去讀看不懂而且單字很多的世界文學來打擊信心，而是給自己一點學習上的色彩。

我在觀察老師教學的時候，最主要是看學生有沒有挫折感，老師有沒有察覺到學生的分心，而轉換方式傳遞，放學生一馬，換個課題、伸展筋骨、聽個音樂或是開個玩笑。

大衆教育：在風雨飄搖中學習

巴西的教育學家保羅・弗雷勒在他的一本作品《受壓迫者教育學》提到，很多人沒有教育機會的關係，是這些人沒有被賦予一個機會去學習。

就我自己進行的觀察中，台灣的平均基測差距，若以城市鄉鎮來區分，市可以達到一二〇分，鄉一〇〇分，到了偏遠學校的鄉鎮則只有七十分。如果我們說義務教育是全民的，爲什麼會有這個偏差？可見在這樣教育的環節裡，有人比其他人少了很多東西，甚至連起跑點都晚了……

小時候家裡沒有錢讓我唸幼稚園，我不會寫阿拉伯數字、自己的名字，變成進度跟不上，落後倒數第二名的學生。在基礎教育裡，爲什麼一定要大家都補習先學學校還沒教的東西？是不是沒有補習的孩子就是落後的？

一般對教育的了解，認爲是傳遞文化、人格的陶冶或培育社會需要的人才，但這不是我對教育的認知，我覺得教育是爲了要打造一個學習的概念，我必須想辦法學，我無法跟上學校進度，因為基本上老師教我的東西已經少了，但我要怎麼把不完整彌補起來？

這一個段落說在風雨飄搖中學習，並非專指被系統犧牲才風雨飄搖，家庭環境也會造成不平等的立足點，你以為當你旅行時帶著很多信用卡，你就不會風雨飄搖嗎？可能班機會誤點取消，這時你也無能為力。

另一個風雨飄搖的學習是我們的英文有殖民教育的感覺。

在學生會會長任內，我在幫學生填寫宿舍申請單時，台灣的學生跟我說，她不要跟黑人、印度人住在一起，她說感覺上黑人、印度人很髒很臭，而且有很多壞習慣……為什麼沒有跟黑人、印度人相處過卻有這樣的想法？於是我告訴她，在英國就是二分法，白與黑，妳不白，所以妳也是黑人。

像台灣很多英文補習班一定覺得金髮碧眼的外國人英文比較優秀，就連家長也這麼相信，因為金髮碧眼教英文比其他人種受歡迎，待遇也較高，為什麼？我在台灣教書的同事也問過：是不是澳洲人沒有美國人吃香、很不幸這些殖民色彩在世界各地都在發生，我是一個教育工作者，我認為我不只是教英文，我要確保學生怎麼達到民族的融合，我的新移民學生來到美國是被歧視的人，但他們在自己的國家學到的某些概念也在歧視另外一些人，而這些不平等是怎麼造成的？如何去改變？對我來說是非常大的挑戰。我讓學生參與新教師應徵的過程，學習者是教育行政的一個環節，要懂得情境的營造。學生必須挑戰自己的價值，他們從外表、教學態度、有沒有忽略同學、有沒有幽默感和有沒有以學爲重點，慢慢的他們統合的是適合這份工作的條件而不是人的外表。

你出國唸書在經濟上也許沒有風雨飄搖，但當你既定的價值觀把種族意識挑出來，那些沒有經過判斷而說出的語言，可能會讓你因此被退學。台灣很多學習者崇拜名師，但我們怎麼可以把老師當成媒體人物來追星，我們有沒有是非判斷力？還是我們只是把媒體、名師當作我們的教科書？太多學習者本身連選擇權都放在別人的手上。

有一次我去舊書店把關於英文的教科書買回來研究，發現所有的教科書都大同小異，而且對話也都非常八股，我很驚訝沒有一本合格。我的新移民學生大家都是爲了要更好的生活而學英文，所以我如何給他們更好的生活？我們先研究教科書上的內容，讓同學舉出有什麼不對的地方。有同學舉手說教科書上的廚房照片不對，因爲他沒有看過那麼大的廚房，那是富有的人家才擁有的廚房；另一個同學說他不喜歡手銬銬的是黑人的手，這樣會讓人覺得犯罪的都是黑人，那要怎麼改變呢？把全班的手合拍一張照放上去，用這樣的照片來表示所有人都會犯罪……

在風雨飄搖中我們設定學習的起跑點，老師跟學生們已經被別人決定要學什麼，被教科書、媒體等侷限了我們的學習，我們應該要學習逆向思考。

博物館、圖書館不但是我教學生也是教師訓練的場所，我帶著老師們到博物館，每個老師都要找出一個概念或是一個項目，對他們來說是新的；另一個就是找出一個欠缺的要素，我希望他們要解剖性的思考，同時把這樣思考的態度融入在他們的課室裡，就像希望閱讀這本書的讀者可以透過不同的角度來思考，如果你不想被別人決定的話，如何用自己的決定來選擇教科書與教材？學習不是照本宣科、全盤接受，你雖然讀的是外國語，但是思考是自己的，判斷眞假與對錯，是個人要承擔的，**學習提問，你已在成長**。

化被動為主動，人人都可以平等學習

唸國中時，我發現經濟條件比較好的同學幾乎都在前段班，在中段班、後段班家裡多數是農民、勞力家庭。我記得有時帶便當，媽媽要我多帶一個或者多帶滷蛋之類給班上其他同學。在台北讀書的人繼續升高中考大學；在鄉下的同學畢業之後結婚找工作。早期移民美國的人寄錢回台灣養家；上台北打拚的父母親寄錢回鄉下養家，學生處在社會經濟階級的差距中，如何認爲自己是可以有其他選擇？

我在紐約市教的是生活條件偏差的學生，我們所看到那些華麗的景象，都是我的學生在經營，他們在餐廳洗碗、在打掃、送外賣，不管颳風下雨都要去送外賣，所以我堅持不買外賣，在街上看到我的學生，我拿帽子、雨傘給他們，問他們什麼時候可以來上課？我跟老師與學生一起找出方法，讓學習沒有阻力。所以我們的課程是從早上中午到晚上排得滿滿，只要他們有休息的時間，隨時可以來上課，我要讓他們了解自己所沒有享受到的權利，讓他們知道可以去要求。學習不是完全只學英文，我把需要設計在課程裡，讓他們表達出心中的渴望，讓他們自己能說：「不可以把我們的經費縮減。」

我帶師生們去示威抗議，我們每個人寫一首詩，他們現在得到什麼，未來想要什麼，我們帶著這些希望詩去見當地的市議員。

我也帶學生去開會，讓學生了解現在學校做的決定直接影響他們的權益，我的學生是大人了，他們不是無知的，這些學生將開始影響當局者的決定，讓當局者知道不能輕意把權益從他們身上拿走。

我們因爲風雨飄搖就變得消極、放棄嗎？沒有資源就不能爭取嗎？有的人覺得自己沒有錢所以不能補習，英文成績就不能進步；有的人覺得沒有時間，不能去進修，但是你爲什麼覺得自己的資源這麼短少？你能不能主動找出可用的社會資源，而不是被動灰心的接受風雨飄搖？

每個英文學習者如果認爲自己是差人一等的，話講出來就是自卑、沒有自信的，也許你覺得我的教育理論很嚴肅，是的！因爲**學習語言我們是要帶動革命，改變根深柢固的價值觀**，因此是嚴肅的。當我的老闆認爲我把學生的英文教得太好了，因爲學生會抗議、會爭取自己的權利，因爲學生的問題問得他們啞口無言。**我們的革命就是成功的，我們帶著自信的聲音開拓未來的路**。

有個學生來教室不到兩個月，要申請企管碩士，我們需要想個管道讓他能測試自己已經擁有的英文知識，我帶他去開會，他的英文需要快速「成型」，需要組織能力的實踐，也許一開始他抓不到竅門，可是一次兩次之後，聽來的寫下來、看到的說出來，他的發言跟單字的用法就越來越恰當。

英文如果沒有訴求，你就無法多元使用。這個學生每天必須要寫email，寫給擺攤子的負責人交換資訊，而我要有能力承擔他的錯誤，請他發副本給我，我看過之後如果有不清楚易混淆的地方我幫忙修改，在很短的時間之內，他也了解了商務文書的寫作以及獲得了第一個在美國工作的經驗。

學習者很在意「我不知道」，但沒有人花心思去在意「我知道」，如果你不去在意「知道」，你就不會分享你的「知道」，**唯有你將「知道」分享出去，你才會「知道」得更多**。而你不知道的部分，要創造機會，用你已經知道的去解自己的惑，不要把自己創造機會定義得太狹隘。

當我們需要籌措經費擺攤子，我們發揮群眾的力量來一起創造機會，我們是不是要做更多的T恤？我們是不是應該去研究市場到底需要什麼？當我們眞的感受風雨飄搖時，轉個彎來解決困難，每天多了解一些自己需要承擔的責任，就可以解決困難，等事情發生了才不會手足無措。今天不懂這五個單字明天就不會用，今天沒有做這些事情，明天就無法做其他的事，**學習要有危機感，針對自己的學習要隨時提問，不能因為是名師就不須自己思考問題。學習是帶著思考與辨識的心，統一知識的灌輸，是洗腦的手段，養成辨識的習慣，才能創造思考機會**。

多元智能：生活在電影裡的紐約

我常常帶著學生在紐約的大街小巷走來走去，因爲我要讓學生了解紐約到底是什麼模樣？我希望當他們學到車子這個單字時，可以想到車子是有聲音的，像喇叭聲，車子是要等紅燈、要停看聽。車子不是只有昂貴的名牌車與便宜的二手車，車子還有電力發動、柴油車，車子必須要停在停車場，開車需要考駕照……這樣一連串生活上跟車子的相關聯想，進一步走出侷限的框框，在框外想，用肢體、感覺、空間、邏輯、聲音、互動、環境一起想。

打破侷限的框框，帶著學生在紐約的大街小巷走來走去，有時我是配角，學生是主角。每年的聖誕節我們會義賣，在八、九月要開始準備打毛線，因爲要趕件，你會看到學生帶著小花籃，我一邊走一邊打，一個幫我提花籃，另一個學生要負責告訴行人，不要被我的毛線卡住。路上的行人有時會好奇的問，我們就會讓他們知道我們義賣的活動。

我們也在網路上買一些便宜的家具，有一次買了一張充氣的沙發椅，我們把教室佈置起來，在教室裡有的人可以坐在沙發椅上聊天，有一天學生發現大沙發沒氣了，打聽到最近打氣的地方是腳踏車店，結果一行三人頭頂扛著沙發，穿過紐約最忙碌的街道，一起去打氣。

我們像拍電影一樣，在電影的場景，寫自己的腳本，領會生活。

我們的劇本是這樣開始的：第一天上課，我拿許多教科書讓學生來選，把選擇權利放在學生的手上，考試可以了解片面的程度，從他們選的書，就知道他們程度在哪裡，我要先知道學生應該從哪裡開始跟他們可以到達的目標。

電影情節會講到色香味，所以我們常常會一起做菜，設計我們的小吃品嚐觀光團。電影裡有場景，我們去博物館；講到音樂，我們就在教室放背景音樂，互相交換喜歡聽的歌；講到生活，我們上街去買菜，去服裝店試新衣……所以整個紐約都是多元學習的對象，這些在台灣讀者也都可以做，把生活導演成你的電影，爲你的學習過程留下紀錄的影像。

我給學生一項功課：用寶特瓶空瓶子接雨水。

每次一下大雨紐約市就淹得很嚴重，因爲房子蓋太多導致沒有土地來接收，我們想，如果每棟建築物都有個方式來接收雨水，是否會改變淹水的狀況？學生覺得既然我們不能改變所有的建築物，那麼我們就用多餘的容器來盛裝雨水，這樣我們可以拿雨水照顧一棵菜。每天學生開始動腦筋，去想雨水跟植物的價值，慢慢去吸收，想一個方式，可以拿寶特瓶架設路燈，每一瓶都有一個名字……不管他們學英文、法文、數學，他們是地球村的一分子，正視水源的問題是全世界每個角落的問題，我把它放在教室裡，接下來他們考試、在學校唸書、談話都會有這些問題，他們主動的研究，每次多讀一點，就對自己的看法更踏實一點，逐漸變成他們日常思考的一個分子。

你必須先去開創自己的多元智能，這比去買一本市面上學習英文的教科書更有效。跟著教科書照本宣科的話，你永遠不知道如何學習。你必須先去了解自己有多少庫存的多元智能，再去編排跟選擇你自己的教科書。

創造性，創新性和想像力：活潑生動是一種教學嗎？

你如何創造與想像二十種方式來記憶一個單字？

舉例Imagination這個單字。

第一種：試著把字拼出來。

第二種：把字尾跟字首合起來。

第三種：畫出來。

第四種……

當你創造了二十種的方式之後，你眞的不用背就可以把imagination這個單字留在腦海裡了。

我們學任何東西一定要跟自己有關係。你是否會去學跟自己沒有一點關係卻學得很開心的東西？沒有興趣即使學了也不會想辦法運用。有人說不會畫畫，其實你有筆有紙就可以畫，如果你可以先畫葉子，先想想葉子形狀是胖？是瘦？這就是開始想像。

開發想像的教學就是給學生技術，讓他們的想像力活起來。藝術教育的訓練運用了很多開發想像力的單元，再進入創作。前文提過活潑生動不是一種教學，它是個性、樣子或狀態，是表面的呈現，活潑生動是因爲想像力跟創造力，才讓人感覺整個教室都是在波動的。當你想二十種狀態，可能其中包括要跑要跳要演要分享要感受要傳達。現今很多大型企業在徵才的時候，有藝術相關背景的應徵者備受青睞。

我要求自己有創造力與創新的思考，每堂課隨時都跟自己競爭，每堂課都在解決問題，學生也參與進來，久而久之變成一次同時解決五種問題，慢慢創新力跟創造力會看出障礙，抓出問題的源頭，因爲我們是解決問題，而不是解決表象，不斷給自己想像塑造新生命的力量，所以基本上態度與想法是流動的，慢慢就會變成樂觀的。是學習的原創力讓你創造新的方向，你不是一潭死水，而是像流水一樣，所以不是生動活潑的教學，過程的啓發性，展現的結果也有異人之處。

我帶一個學生一起教舞，我們一起準備教案，我請他畫出舞步，否則別人不知道怎麼跳，於是他拿了一張廢紙先畫了一隻腳，接著他用鉛筆從頭到尾，描左邊右邊、左邊右邊，然後就完成Salsa（騷莎）的舞步，這個學生讓我看見，他原本是必須一雙一雙腳畫出來，爲了節省時間，他創造了自己的複寫紙。我給他們學習的重點是，學習解決問題要有靈活的腦袋。前面提到光是想二十種方式的過程，你的單字就記下來，是一樣的道理。

而我的身體力行，學生自然也會受到影響，不管唸書或工作都會有自己的特色，他們會想辦法讓自己的概念凸顯出來。從第一堂課到最後一堂課，我不只是教英文，我也教他們生存技能。

紐約時報通知我得獎，這個榮譽獎總共有四個人，獎金由其中一個人獲得，學生打電話給我說她好失望，那個獎金應該是老師得的……我從來沒有贏過任何獎項，除了求學時演講的第四名，也不曾主動參加任何比賽，甚至抽獎。幾年前同事跟學生們推薦我贏得了紐約學文教育組織頒發的教師獎以後，學生們發現我們的學習都要找機會考驗的，他們把我放在教育的舞台上考驗，也在印證他們對教育事業的認知，獎金是獎勵，就像每個月領的薪水一樣，我的得獎是過程的驗證，對我的教育事業歷程的肯定，學生的參與，我們一群人一起得獎，這個過程沒有失望，是希望。

頒獎那天，我的學生寫了非常多的推薦信，紐約時報朗讀了其中一個學生寫的文章，現在她唸的是教育系，會場上有我好幾屆的學生，以及我訓練的老師們，當我站在台上領獎時，看到師生的臉孔，我感覺我們仍站在一起奮鬥。很多時候我們來不及感受到我們的生命是在風雨中飄搖，我們甚至連唉聲嘆氣的時間都沒有，因爲我們要不斷接受下一次新的挑戰。

來美國已經六年了，有的學生一下課就去打工，回來都幫我帶一盒煎餃；有的學生過年、過節都會打電話給我；有的學生唸大學，有的老師仍然抽空回來義務教學生，回來教室跟我交換學習的心得、工作的心得。教英文只是一個學科嗎？但我確定他們有了工具，可以立業，我是教育工作者，藉由英文這個學科，我確定他們可以立足，不管我在他們身上存留什麼影像，不管哪種語言，不管在人生的哪個階段，這些在教室裡跟我交會過的人，過程裡我用投資的心，在交錯時我祝福的祈禱，六年來教過每一屆的學生，只知道我的生日在十月，每一年的十月我的生日都過一個月，週週有蛋糕，天天吹蠟燭，我的願望是，他們能夠一直多元的延續，日日有新生力，他們的每一步路都在施放精采的煙火，他們的每一天都投入創造我新的一天，我天天都可以過我們的生日，祝我們新生快樂！Happy Birthday to “us”，Happy Birthday to “us”，Happy Birthday to “everyone”！

Chapter 8
學習作業

主題1：剪貼生命的著力點

筱薇老師說明：

很多領導人的訓練都會用語錄來作為目標啟發、生命定位，與激勵的作用，簡短的語句有很多人生的著力點。

一個學習的段落之際，我跟學生選取了一些語錄，讓學生互相畫頭像，擷取語錄裡的語彙，完成了簡單的拼貼。過程裡學生討論了字語的意義，選擇對能夠激勵他們的文字，從暫停的段落再出發。

我會選擇一些德蕾莎修女簡短的語句，替換其中的字彙，修改為適合自己的短句。

▶ 示範：

Days are short, use it well.日子是短暫的，好好利用。
Nature is the mother of all, treat her well.大自然是萬物之母，善待她。
My bag is my body guard, treasure it.我的背包是我的護衛，珍惜他。

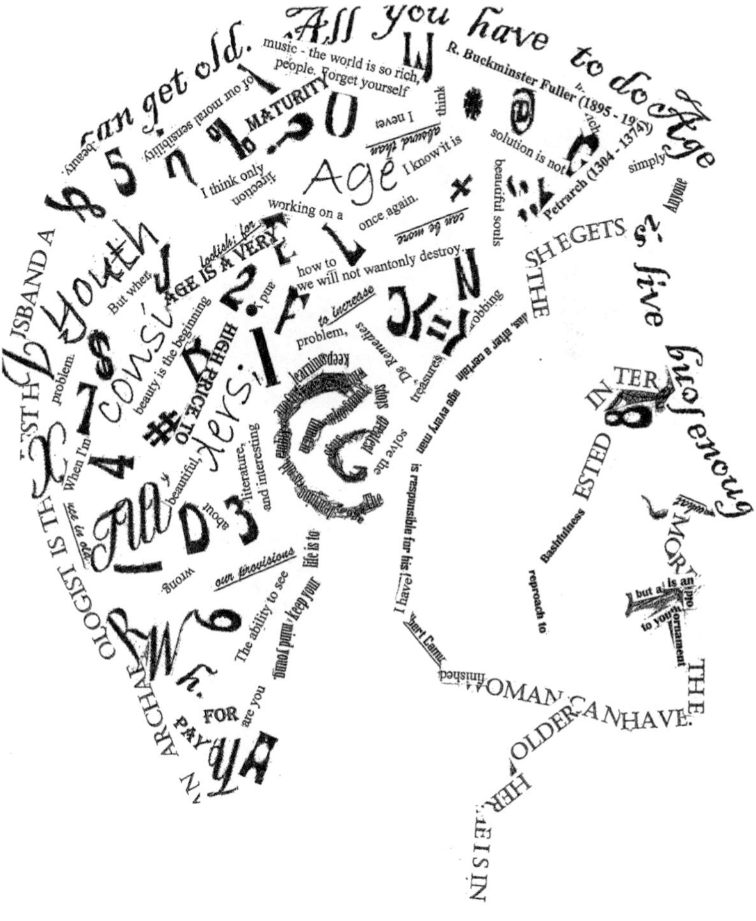

繪圖◎Jerry

LIFE

Life is an opportunity, benefit from it.	生命是一種機會，從中受益。
LIFE IS BEAUTY, ADMIRE IT.	生命是美麗，欣賞她。
LIFE IS A DREAM, REALIZE IT.	生活是一個夢想，實現她。
Life is a challenge, meet it.	生活是一種挑戰，迎接她。
Life is a duty, complete it.	生活是一種責任，完成她。
LIFE IS A GAME, PLAY IT.	人生是一場遊戲，玩好她。
LIFE IS A PROMISE, FULFILL IT.	生命是一種承諾，履行她。
Life is sorrow, overcome it.	生活是悲傷，去克服她。
Life is a song, sing it.	生命是一首歌曲，歌唱她。
LIFE IS A STRUGGLE, ACCEPT IT.	生命是一場戰鬥，接受她。
Life is a tragedy, confront it.	生命是一個悲劇，去面對她。
LIFE IS AN ADVENTURE, DARE IT.	生命是一場冒險，挑戰她。
Life is luck, make it.	生活是一種運氣，使用她。
life is too precious, do not destroy it.	生命太寶貴了，別毀了她。
life is life. fight for it.——Mother Teresa	生活就是生命，爭取吧！——德蕾莎修女

＊請如P219示範圖，影印剪貼後，將LIFE放在書桌前鼓勵自己。

國家圖書館出版品預行編目資料

當自己最棒的英文老師——生都受用的八大學習法／楊筱薇著.
——初版——臺北市：大田，民100.01
面；公分.——（Creative；015）

ISBN 978-986-179-196-8（平裝）

805.0　　99022802

Creative 015

當自己最棒的英文老師——生都受用的八大學習法

作者：楊筱薇
文字整理：蔡鳳儀

出版者：大田出版有限公司
台北市106羅斯福路二段95號4樓之3
E-mail:titan3@ms22.hinet.net
http:／／www.titan3.com.tw
編輯部專線（02）23696315
傳眞（02）23691275
【如果您對本書或本出版公司有任何意見，歡迎來電】
行政院新聞局版台業字第397號
法律顧問：甘龍強律師

總編輯：莊培園
主編：蔡鳳儀　編輯：蔡曉玲
企劃行銷：黃冠寧　網路行銷：陳詩韻
校對：蘇淑惠／陳佩伶
承製：知己圖書股份有限公司．04-23581803
初版：2011年（民100）一月三十日
定價：新台幣 260 元

總經銷：知己圖書股份有限公司
（台北公司）台北市106羅斯福路二段95號4樓之3
電話：（02）23672044．23672047．傳眞：（02）23635741
郵政劃撥：15060393
（台中公司）台中市407工業30路1號
電話：（04）23595819．傳眞：（04）23595493

國際書碼：ISBN 978-986-179-196-8／CIP: 805.1／99022802
Printed in Taiwan
版權所有·翻印必究
如有破損或裝訂錯誤，請寄回本公司更換

廣告回郵
北區郵政管理局登記證北台字1764號
免貼郵票

From：地址：

姓名：

請沿虛線剪下，對摺裝訂寄回，謝謝！

To：大田出版有限公司　編輯部收

地址：台北市106羅斯福路二段95號4樓之3
電話：（02）23696315-6　傳真：（02）23691275
E-mail：titan3@ms22.hinet.net

大田精美小禮物等著你！

只要在回函卡背面留下正確的姓名、E-mail和聯絡地址，
並寄回大田出版社，
你有機會得到大田精美的小禮物！
得獎名單每雙月10日，
將公布於大田出版「編輯病」部落格，
請密切注意！

大田編輯病部落格：http://titan3.pixnet.net/blog/

智　慧　與　美　麗　的　許　諾　之　地

＊請沿虛線剪下，對摺裝訂寄回，謝謝！

閱讀是享樂的原貌，閱讀是隨時隨地可以展開的精神冒險。

因爲你發現了這本書，所以你閱讀了。我們相信你，肯定有許多想法、感受！

讀 者 回 函

你可能是各種年齡、各種職業、各種學校、各種收入的代表，

這些社會身分雖然不重要，但是，我們希望在下一本書中也能找到你。

名字／＿＿＿＿＿＿＿＿性別／□女 □男　出生／＿＿＿年＿＿＿月＿＿＿日

教育程度／＿＿＿＿＿＿＿＿

職業：□ 學生　□ 教師　□ 內勤職員　□ 家庭主婦

□ SOHO族　□ 企業主管　□ 服務業　□ 製造業

□ 醫藥護理　□ 軍警　□ 資訊業　□ 銷售業務

□ 其他＿＿＿＿＿＿＿＿

E-mail／＿＿＿＿＿＿＿＿＿＿＿＿　電話／＿＿＿＿＿＿＿＿

聯絡地址:＿＿＿＿＿＿＿＿＿＿＿＿＿＿＿＿＿＿＿＿

你如何發現這本書的？　書名：當自己最棒的英文老師

□書店閒逛時＿＿＿＿書店 □不小心在網路書站看到（哪一家網路書店？）＿＿＿＿

□朋友的男朋友（女朋友）灑狗血推薦 □大田電子報或網站

□部落格版主推薦＿＿＿＿＿＿＿＿＿＿＿＿＿＿＿＿

□其他各種可能，是編輯沒想到的＿＿＿＿＿＿＿＿＿＿＿＿

你或許常常愛上新的咖啡廣告、新的偶像明星、新的衣服、新的香水……

但是，你怎麼愛上一本新書的？

□我覺得還滿便宜的啦！ □我被內容感動 □我對本書作者的作品有蒐集癖

□我最喜歡有贈品的書 □老實講「貴出版社」的整體包裝還滿合我意的 □以上皆非

□可能還有其他說法，請告訴我們你的說法

＿＿＿＿＿＿＿＿＿＿＿＿＿＿＿＿＿＿＿＿＿＿＿＿＿＿＿＿

你一定有不同凡響的閱讀嗜好，請告訴我們：

□ 哲學　□ 心理學　□ 宗教　□ 自然生態　□ 流行趨勢　□ 醫療保健

□ 財經企管　□ 史地　□ 傳記　□ 文學　□ 散文　□ 原住民

□ 小說　□ 親子叢書　□ 休閒旅遊　□ 其他＿＿＿＿＿＿＿＿＿＿

一切的對談，都希望能夠彼此了解，

非常希望你願意將任何意見告訴我們：

大田出版有限公司編輯部 感謝您！